辺境の
錬金術師 3
～今更予算ゼロの職場に戻るとかもう無理～
御手々ぽんた
Otete Ponta
イラスト：又市マタロー

CHARACTERS

アーリ
ロア
シェルルール

「さて、リリー殿下。飛びましたよ。

これで誰の耳もありません。

そろそろ教えて頂けますか」

「上、です」

「上？　雲、ですか」

「そうです。あの雲。

あの上にはドラゴン達の墓があるそうです」

CONTENTS

第一話

お貴族様の世界!!

私は果実酒が入ったグラスを揺らす。

背中を壁につけ、できるだけ気配を消していると、不思議と目の前のきらびやかな世界が一枚の絵のように見えてきた。

そうしながら、私はここ数日の怒濤《どとう》のような日々を思い返す。魔族と化し、王都をほしいままにしていたリハルザム。すっかり正気を失っていたリハルザムを倒し、その眷属《けんぞく》にされていた人々についてはセイルークの助力を得て、ブラッディポーションによって人間へと戻せた。最後に人としての意識を取り戻し、リハルザムは人として死んでいった。

そのあとの王都の復興作業は目の回るような忙しさだった。そこでカリーンを通信装置で呼び立てて、ようやく王都に到着。しかしカリーンにすべてを任せてハーバフルトンに戻ろうという私の目論見《もくろみ》はものの見事に砕け散った。

それどころかカリーンに連れられ、こうして参加できるだけの夜会やら舞踏会やらに連れ回される羽目になってしまっていた。

回していたグラスから果実酒をそっと口に含む。

今日来ているのは、カリーンによると特に重要な夜会、だそうだ。

白面《はくめん》の会と、たしかカリーンが言っていた。その名の通り、参加者は、みな一様に顔の上半分を覆う真っ白なお面をつけている。

そういう趣向の夜会らしい。

ぜいたくな調度品に、抑え気味の照明が雰囲気を出している。

——照明の魔導具はどれも一級品だな。そこら辺に飾られている美術品の方は価値がさっぱりわからないけど。

私は仮面越しに室内の魔導具を観察しながらそんなことを思っていた。

そこへ、声がかかる。

「隣、失礼しても？」

男性にしては高めの声。服装は男装だが、かなり中性的な雰囲気をまとっている。服装の良し悪しはあまりわからないが、素材の布はかなりの品質のようだ。仮面の下の口元から察するに多分女性、それも高位の人物なのだろう。

そして何よりも、重心の移動、所作から見て、かなり出来そうだ。

私は礼を失しない程度に会釈して答える。

「もちろんです。王国に」

そう言って軽くグラスを掲げる。カリーンから教えてもらった最近流行《はや》りの挨拶だ。

「王国に。そして救国の英雄に」

その男装の麗人もグラスを掲げる。

——まあ、こんな半分の仮面じゃ、誰が誰かなんて、すぐわかるよね。とはいえ、私には相手が誰かさっぱりだけど。まあ、この夜会の参加者だから貴族以上の位なのは間違いない。動き方から見て、軍部関係か、王族を守護する近衛系の人か。

私は相手を観察しながら考える。カリーンからは事前に、面白そうだから好きに動いていいぞ、とのお達しだった。それだけの、巨大な貸しが王国に対してあるから、色々と大丈夫、らしい。どうしたものかと、カリーンの姿を探す。当のカリーンはお偉いさん方と丁々発止のやり取りをしているのが、遠くに見える。

その近くに控えるアーリがハラハラしているっぽいのが少し哀れだ。心の中でアーリにエールを送る。

まあ、そんなカリーンの戯《ざ》れ言《ごと》を真に受けたわけではないが、せっかくなので一つ、私も餌をまいてみることにする。

「救国の英雄といえば、こんな話はご存じでしょうか。彼がとある呪術師を探している、と」

私は今回、手がかりを得られなかった呪術師について、話を振ってみる。

タウラのため、というのも、もちろんある。それに加え、呪術師がセイルークを執拗《しつよう》に狙っている様子から、個人的にも情報を得ておきたい、というのが偽らざる気持ちだ。

「ほう。それは面白いお話ですね。呪術師、ですか。そういえば創世の神話に、このような言葉があります。鳩《はと》はかささぎの巣にいる、と」

私はその続きを待つが、どうやらそれで終わりらしい。

目の前の男装の麗人は口元に笑みを浮かべてグラスを傾けているだけだ。

――全く意味がわからない。鳩にかささぎ、って呪術師になんの関係があるんだ。これが貴族特有の言い回しってやつか。まあ、適当に返しておくか。えっと、かささぎって確かカラスの仲間だったよな。とすると、巣にいる鳩を餌にでもする、とかか？　そうだとしたら、なかなか賢いよな。

「かささぎの知恵は素晴らしい、とも言いますしね」

まあ、きっとカラスの仲間なら、かささぎは頭が良いだろうと私は返しておく。

目の前の男装の麗人の顔の見えている部分――頬《ほお》や耳が、なぜか急に真っ赤になる。

「私の完敗です。さすが当代随一の錬金術師と呼ばれるだけはありますね。これを」

そう言って、急に間合いを詰めてくる。鋭い踏み込みだ。ふわっと花の香りが広がり、私の鼻孔をくすぐる。

そっと私の手の中へと何かを滑り込ませ、そのまま立ち去っていく男装の麗人。

私は訳がわからないまま、その後ろ姿を見送る。

「剣姫様と、だいぶ親しげだったじゃないか」

そこへカリーンの声。

振り返ると、お偉いさん方とのやり取りが終わったのかカリーンとアーリが近づいてくるところだ。上気したカリーンの顔からは嬉《うれ》しげな雰囲気がにじみ出ていた。

多分、交渉が満足いくものだったのだろう。その後ろのアーリの顔は見えないが、少し疲れていそうだ。俺はアーリに労りの意を込めて軽く微笑《ほほえ》むとカリーンに答える。

「剣姫様って。今の、リリー第二王女殿下か」

私は名前だけは聞いたことのあるこの国の王女と話していたのかと、少し不安になる。

ちょうどいいかと、先ほどの王女とのやり取りをカリーンに伝え、どんな意味があったのか聞いてみる。

なぜか私の話の途中から、口を手で隠しはじめるカリーン。どうやら懸命に笑いをこらえているらしい。

一層不安になってくる。

私の話にアーリも首を傾《かし》げている様子から、アーリも私と同じように理解していないようだ。

「カリーン？」

「すまんすまん。あー。さすがルストだ。面白い。面白すぎる」

「そういうの、いいから。で、どういう意味なんだ？」

「鳩はかささぎの巣にいるってのは、他人の成功や地位を横取りするってことさ。そういう創世の時代から伝わる故事があるのさ。呪術師の動向、そのものだな。王室も当然、呪術師の情報を掴《つか》んでますってアピールだったはずだ」

「……そんなのわかるわけないぞ」

カリーンの解説に思わず眉間にシワが寄ってしまう。神話とか伝承は、私の守備範囲外なので。

「それに対するルストの返事がたまたまだろうが、皮肉になっているのさ。かささぎの知恵、つまり烏鵲《うじゃく》の智《ち》ってのは、先のことばかり心配して、身近な危険に気づかないって意味だ」

「あー……」

カリーンの話で、なんとなく意味がわかってきてしまう。

「王都の人間は、みな寄生キノコにやられていたんだろう？　当然、剣姫殿下も例外じゃないってわけだ。情報通を気取っても、キノコにやられてたのを助けたのは私ですよってルストは言ったことになる」

「それは――さすがにまずかったよな？　不敬罪にならないか」

「いや。直接言ったわけじゃない。ルストはただ、かささぎの話をしただけだろう。だから安心しろ。それより、その手に持っているものはなんだ？」

目ざといカリーンの指摘で、私は先ほど何かを渡されたことを思い出す。

ゆっくりと手のひらを広げてみた。

◆◆◆◆

白面の会を退席してきた私たちは、レンタルした客車に乗り込む。

皆が席についたところで、御者席にいるシェルルールに、私から声をかける。

客車を引く、二頭の錬成獣が進みはじめる。ヒポポと同じ、カバ型だ。六本足でヒポポより一回り小さいが、シェルルール自慢の錬成獣らしい。錬成に最近ようやく成功したと嬉しそうに見せに来ていたのを思い出す。

私は客車の席で、ようやく外せるかと、面を取る。

目の前の席のアーリも、前に使っていた面布《めんぷ》の魔導具の下に、律儀《りちぎ》に白面をつけていたようだ。面布をまくり、白面を外している。

ぎゅっと片目をつむったまま、急いで片眼鏡型魔導具をかけると、ほーっと長めのため息をついている。

――似た機能の魔導具同士だと、干渉しやすいから、片方しかつけられないのはわかるけど。面布をしていたら、白面つけなくてもバレないだろうに。アーリも真面目だな。

そんなアーリの様子を見るともなしに眺める。

片眼鏡の魔導具をつけ直して、相当ほっとしたのか、アーリにしては普段見られないぐらい弛緩《しかん》した表情をしている。思わずまじまじとその様子を見てしまう。

「アーリ、早速ですまない。例の件、擦り合わせていこうか」

隣のカリーンがアーリに話しかける。

はっと表情を引き締めるアーリ。すっかりいつもの顔だ。

「はい、カリーン様。未来視の魔眼に反応した人物ですが――」

二人で、先ほどの白面の会に参加していた貴族たちの名を確認しはじめる。

――ああ、なるほど。要注意人物の確認ね。実際の戦闘にならなくても争いの予兆だけで魔眼が反応するのか。アーリは、私の魔導具なしであれだけの数の人間の確認をしていたのか。それは疲れるわけだ。

私は一人納得しながら、二人の会話に入る必要は特にないので、手にしたままだったものを改めて確認することにした。

リリー王女殿下から渡されたのは、一風変わった魔晶石だった。

通常よりもかなり細長く、棒といっても差し支えないぐらいのもの。長さはちょうど私の手の中に隠れるぐらい。太さは指よりも細い。

それは、私が全く見たことも聞いたこともない形式のものだった。

これでもマスターランクの錬金術師として一般的に流通している魔晶石はもちろん、すでに過去のものになってしまった形式の魔晶石についてもかなりの数を知悉《ちしつ》しているつもりだった。

その私から見ても、それは完全に初見の存在。

「世界は広いな」

思わず、そう呟《つぶや》いてしまう。

せめて容量と出力だけでも調べるかと《転写》のスクロールを取り出す。

狭い客車の中なので、自重して膝の上にスクロールを広げ、その上に魔晶石を置く。

「《転写》」

表示されるデータに目を通していく。

「なんだろう、これは」

「何かわかったのか？」

いつの間にか危険人物の擦り合わせが終わったのか、カリーンが聞いてくる。

「え、ああ。一つ、わかったよ」

「ほう。それで？」

「出力も容量も少なすぎる。魔晶石として、基本的には役に立たないだろう。ただ、考えられるとすると――」

そのときだった。ガタッと立ち上がるアーリ。その目に、魔素の煌《きら》めきが宿っている。

「敵襲ですっ！　前方、あと後方からも来ますっ！」

「ほう。やっぱり来たか！」

なぜか嬉しそうなカリーン。待っていたとばかりに、椅子の下に隠していた漆黒の剣を取り出す。

それは私がお土産に渡した隕鉄《いんてつ》製の新品だ。

私は、「この魔晶石は鍵なんじゃないか」と言いかけた言葉を飲み込む。そのまま襲撃に備えて、御者台にいるシェルルールに停止を伝え、スクロールを取り出した。

客車が止まる。

待ちかねたように、飛び出していくカリーン。

その手にした剣の重量で、カリーンの踏み込みに合わせて大きく客車が揺れる。

「なんであいつは一番に飛び出すかな……」

普通に考えて敵の狙いはカリーンだ。私は思わず呆《あき》れて呟いてしまう。

飛び出したカリーンを追うようにして、アーリも外へと駆け出す。こちらは軽やかな身のこなしだ。

その際、客車の横に立てられた領旗に手をかけ引き抜いていくアーリ。

よく見ると、領旗のポール部分が槍《やり》になっていた。

——アーリ、槍を持ってないと思っていたら、あんなところに。

私もスクロールを展開、発動しながら、そのアーリの後を追って客車の外へと出る。

そこは、すでにカリーンの独壇場と化していた。

嬉しそうに新品の隕鉄の剣を振り回すカリーン。一振りごとに風を切り裂く轟音《ごうおん》が響く。

その剣の先には、漆黒の服に、漆黒の覆面をつけた敵が複数いた。暗殺者だろうか。

滑らかな動きで、カリーンの背後をとろうと連携している暗殺者たち。

阻止しようと、そこへ繰り出されるアーリの槍。鋭い刺突に、槍についたままの領旗がはためき、カリーンの背後を狙っていた暗殺者の足を、槍先が貫く。

ちらりと背後を確認して、カリーンが敵に向かって突っ込む。その背後をカバーするように動くアーリ。

アーリの援護で背後を気にせずに済むようになったカリーンが、さらに嬉々《きき》として剣を振るい、あっという間に複数いた暗殺者たちは制されていく。

どうやらカリーンは剣の腹の部分で暗殺者たちを殴り、斬り殺してはいないようだ。

——並の人間相手じゃ、カリーンとアーリの二人なら当然圧倒するよね。気絶にとどめておく余裕すらあったみたいだ。まあ、カリーンの馬鹿力であの重量のもので殴られたら、生きているとは限らないけど……

私がそんなことを思いながら見ていると、意図的に意識を残しているのだろう、最後の敵に隕鉄の剣を突きつけ、カリーンが口を開く。

一応、事情の如何を問うようだ。

何を話しているか聞こうと私も近づいていく。そのときだった。アーリが血相を変えてカリーンに向かって走りだす。

「ローズ！」

私がアーリの様子を見て叫ぶ。

ほぼ同時に、カリーンを押し倒すようにして上にかぶさるアーリ。

その二人を守るように、事前に発動していた《顕現》のスクロールから、ローズの蔓《つる》が溢《あふ》れる。

くるくると、地面に伏せた二人の周りで、蔓の壁が形成される。

次の瞬間、暗殺者の体が膨れ上がる。

何か液体を撒《ま》き散らしながら、爆散する暗殺者。

「っ！　《研磨》」

私は追加で発動した《研磨》のスクロールによる竜巻で、その飛んできた液体を吹き散らす。

それでも雫《しずく》が数滴、ローズの蔓へと付着してしまう。

「まだですっ！」

アーリの叫び声。

「くっ！　ローズ、二人を回収！　シェルルールは、出発して！　全速力っ」

私は矢継ぎ早に指示を出す。

覆いのようになっていたローズの蔓がするするとほどけると、カリーンとアーリに巻き付く。客車へと急ぎ向かう私のあとを追ってくる。

ちらりと見たローズの蔓。先ほどの液体が付着した部分が、黒く変色している。まるで、アザのようだ。出会ったときのタウラの顔に刻まれていたものと似ている。

——呪い、か。しかも人の命を代償にかけるタイプ……。呪術師だなっ！

シェルルールがこちらへと向けて走らせてくれた客車に私は飛び乗る。私のあとを追うように《顕現》のスクロールが続き、そこから生えたローズの蔓に巻かれてアーリとカリーンも、客席の中へと転がり込んでくる。

そのときだった。

カリーンが気絶させたはずの残りの暗殺者たち。その体もぽこぽこ、ぽこぽこと膨らんだかと思うと、次々に爆散し、液体を撒き散らす。アーリが見たのはこれだったのだろう。

路地を、壁を、飛び散った液体が汚していく。

間一髪で、そこから走り抜ける客車。

「カリーン、一度、宿まで戻る。いいか？」

ローズの蔓をもぞもぞと抜け出し、立ち上がったカリーンに問いかける。

「ああ、驚いた驚いた。爆発したぞ。宿だな、そうしよう。あれは手がかりもなさそうだしな。他に何かあるか、ルスト？　アーリ？」

「今のところ、次の襲撃は見えません」

アーリがカリーンに答える。

私はほっと息をつくと、シェルルールに速度を少し緩めるよう伝える。

全速力は錬成獣にも客車にも過度の負担がかかる。長時間維持するのは当然、好ましくない。

それでも高速で夜を駆け抜けていく客車。

「あの暗殺者たちだけど、最初に爆発した一人は自分の意思っぽかったけど、あとは誰かが起動した、と思う。完全に気絶させていたよね、カリーン？」

私は自分の推測を伝える。

「ああ。ほぼ全力で殴ったぞ。――それじゃあ、見ていた存在がいるということだな」

カリーンはどかっと椅子に座ると腕を組む。

その動作で、手にしたままの剣の重さもあって、客車がぐらっと揺れる。

「ああ。ロアのような遠視の魔眼は相当レアだし、暗殺者と見ていた存在が、魔素のパスで繋《つな》がっていたら私が気づけたはず。だから多分、目視だ」

「例の呪術師、だな」

「ああ。ほぼ間違いないと思う。タウラは喜ぶな。手がかりがなくて意気消沈していたから」

私とカリーンが話している間に、客車は私たちの泊まっている宿へと駆け込んでいった。

第二話　遠乗り

翌日、カリーンはアーリを伴って早朝から出掛けていた。

どうやら昨日の襲撃について、王都の治安維持に関する関係各所に届け出に行くらしい。

救国の英雄が国の重鎮との会の帰り道に襲われたのだ。方々に圧力をかけたりしておく、と息巻いていた。交渉の手札がまた増えたと、カリーンは嬉《うれ》しげだった。

どちらかといえば、久しぶりの戦闘が楽しかったのではないかと、宿に残ったロアと私は話しているところだった。

「カリーン様も、色々たまっている」

そういうロアの視線は、何かカリーンのストレス発散になる機会を用意して、と私に言っているかのようだった。

「あ、ああ。何か考えてみるよ……」

私はそっとロアから視線をそらす。

無尽蔵の体力と強靭《きょうじん》な肉体を有するカリーンのことだ。満足するまで付き合うとなると、何をするにしても心底疲れきるだろう自分の姿が容易に想像できる。

私は、そういえば忙しかったんだよという雰囲気を頑張って出してみる。

リュックサックに顔を突っ込むようにして各種機材を取り出すと、宿の備え付けの机に並べていく。

最後にガラス製の大きめの水槽をどんと机にのせると、スクロールを取り出す。

「《展開》《顕現》ローズ」

現れたのはローズ。その蔓《つる》の一部が、真っ黒だ。

昨晩の襲撃で付着してしまった呪いによるもの。

「うーん。一番大きい部分は、まるまる剪定《せんてい》した方がいいかもな――」

《純化》処理済みの手袋をはめて、ローズの蔓の患部を手に取り、私は観察しながら呟《つぶや》く。

その私の呟きに、びくっと反応するローズの蔓。

「――悪いの？」

私の手元を覗《のぞ》き込んだロアが、心配そうに聞いてくる。

ロアはうちの錬成獣たちのどの子とも、仲がいいようだ。前にローズの蔓にぶら下がって、遊んでいるのを目撃したことがある。そのときはローズも楽しそうだったので、そっと見ないふりをして私はその場を立ち去った。

「ローズなら、大丈夫だよ。すぐに良くなるから」

私は安心させるようにロアに返事をすると、剪定用の特製のハサミを取り出す。

ローズの蔓はとても頑丈で、普通のナイフぐらいなら簡単に弾《はじ》き返してしまう。

とはいえ弱点がないわけではないのだ。

剪定用の魔素溶液を水槽に満杯になるまで注ぐ。

嫌々といった様子で、しかし素直に大人しくその中に自身の蔓を沈めていくローズ。さすがにいくら剪定が嫌いだからとはいえ、わがままを言うことはなかった。

「もう少し。うん……うん、そこで大丈夫」

蔓の位置を微調整してもらうと、私は一気に患部を剪定していく。

剪定バサミのチョキンチョキンという音だけが室内に響く。

ローズの本体たるバラの花びらが、しおしおと悲しそうに揺れる。

「ほら、一番ひどいとこは終わったよ。あとはすぐ済むから、頑張ろう。はい、次」

私は呪いに侵された黒い部分を一つも残さないよう、手早く除去していく。

「――はい、おしまい！　もう大丈夫だよローズ。あとは少しそのまま溶液に浸《つ》かっててね」

「ローズ、頑張った。偉い」

私が剪定の終了を告げると、入れ替わるようにロアがローズを労《ねぎら》っていた。

それを微笑《ほほえ》ましく見ながら、私は手元に残る、ローズから切り離した呪いに侵された蔓を眺める。

――近くに呪術師が潜伏しているとすると何か対抗手段を準備しといた方がいいよな。といっても呪いのことはさっぱりだしな……。

ぼーっと考え事をしながら、手袋をした手で切り離した蔓を持ち上げる。そのときだった、不思議なことに気がついたのは。

僅《わず》かに手の中の蔓が引っ張られるような感じがしたのだ。それも、ローズから切り離した他の黒ずんだ蔓の方に、だ。

「これは、ごく微《かす》かだけど引き合っているのか？　だとすると……もしかしてこれを《純化》すれば……」

そのまま思いついたことを試したくなり、私は新たなスクロールに手を伸ばした。

◆◆◆◆

「で、出来たぁー」

「お疲れさま、ルスト師」

そばで見守っていたロアが労ってくれる。

私が何度も失敗するのを、飽きもせずにキラキラとした瞳で眺めていたようだ。

「大変だった、みたい？」

「いやー。どうも呪術による呪いは、錬金術と相性がかなり悪いようだね」

「ぱーんって、破裂。ちょっと面白かった」

「そう？　どうも呪いに直接、通常の錬成をすると弾かれるか、おかしな具合に変質してしまうみたいでね。爆発したのはそのせいかも」

私は苦笑いしながら答える。

「でも途中からローズが、なんか手伝ってたけど、それでうまくいったの？」

「そんな感じ」

そう、今回は幸いなことに私の錬成獣たるローズの蔓が素材だった。

ローズは、製作者であり錬金術師たる私と結び付いている錬成獣のうちの一体。

ローズの協力のもと、《顕現》のスクロールの空き容量の空間内での錬成を試みることで、なんとか呪いの純度を上げて《固着》させることができた。

その結果の錬成品が、この魔導具だ。

「ルスト師。それで、これはなに？」

私の手元を覗きながら質問するロアに答える。

「これは一応『呪い感知の羅針盤』のつもり」

残念なことに、数度の失敗もあって呪いの素材は全て使い切って無くなってしまっていた。そのせいで、羅針盤の針はゆらゆらと定まらない。

「近くには、いなそう？」

「どうなんだろう。多分呪い自体に反応するはずだから、そうとも言い切れないんだよ。呪術師本人に反応するかは、これから要検証だね」

「そう」

そうしているうちに、昼過ぎ頃、カリーンたちが戻ってきた。宿の食堂で、皆で遅めの昼食をとることにする。

私たちは王都でも一、二を争う宿に泊まっていた。今回のキノコ騒動後すぐに営業再開していた宿が、他になかったのだ。ここら辺の対応力の高さはさすが、一流の宿といったところ。

ちなみに救国の英雄ということで宿代はタダでいいと言われたのだが、お気持ちだけ頂いて、きっちりお代は払っている。復興にはなにかと物入りだろうしね。

昼食は、私がリュックサックに保管していたのを宿に提供した辺境のモンスターの肉だった。魔素たっぷりの肉はそのままでも人間にとっては美味《おい》しく感じられるのだが、一流の料理人の手で、幾重にも昇華され至高の逸品と化していた。

王都は現在、食料が不足気味だ。魔族化したリハルザムが相当食べてしまったようなのだ。最後に見たときの肥え具合から見ても納得だが。

そんな王都に対し、昨晩、カリーンはモンスターの肉をハーバフルトンから供給する取引をやり取りしていたらしい。かなりの儲《もう》けと、あと恩も売っていたようだ。

皆が無言で至高の肉料理に舌鼓を打った後、カリーンが話しはじめる。

「昨晩の襲撃について、手がかりは今のところなし。ただ、今回の襲撃を受けたという事実は最大限活かせそうだぞ。王都の人々は上から下までキノコの件で怒り心頭だからな。しかも主犯のリハルザムがすでに死んでいる。その恨みは、呪術師へと集中しているってわけだ」

そう言って口元を拭《ぬぐ》うカリーン。

「そうだ、これが届いていたぞ、ルスト」

そう言うと、何かを投げつけてくるカリーン。私は目の前に迫るそれをなんとか受け止める。

「つと、投げるなよ。随分と立派だな」

それは一通の封筒だった。ユリの花の模様に二対の剣があしらわれた印章で封がされている。

封筒自体も、多分、センスの良いものなのだろう。

表書きに私の名前が確かに記載されている。しかし差出人の名前がない。

「リリー殿下からだぞ、それ」

私が差出人名を探しているのを見て、カリーンが教えてくれる。なぜか笑いを含んだ声。

「この前のといい、だいぶルストにご執心のようだな。例の魔晶石で気を引いておいて、夜会か何かの誘いだろう」

「……これは、開けないわけにはいかないよな」

「うむ」

私は確かに鍵のような魔晶石のことはかなり気になっていた。めんどくささと好奇心の狭間《はざま》で、一応好奇心が上回る。

封蝋《ふうろう》を外すと、中身に目を通す。

「……遠乗りの誘いだ。しかも、今日」

私は王族とは思えないその性急さに呆《あき》れて、手紙をカリーンへと渡す。

「ふむ。そのようだな。行ってこいよ、ルスト。今日だったら、ロアなら貸してやる」

私は隣でまだ肉を食べているロアを見る。どこにそんなに入るのかと思うぐらい食べ続けているロア。口いっぱいに肉を詰め込んだまま、真面目な顔をしてこちらに一つ頷《うなず》くと、再び肉へと戻っていく。

どうやら頷いたのは、了承の合図のようだ。

「わかった。何か注意点はあるか？」

「面白いことがあったら、ぜひ報告してくれ」

ニヤッと笑いながら朗らかにそんなことをおっしゃる上司様を私は一睨《ひとにら》みしてから、遠乗りの準備を始めた。

◆◆◆

「久しぶり、シャリル」

ロアがヒポポブラザーズに話しかける。その手を、シャリルの耳をくすぐるように動かしている。シャリルは海の近くの遺跡を探索した際に、ロアが名前をつけていたヒポポブラザーズの個体だ。シャリルも嬉しそうに、ぶーぶーと、ロアに応えている。

ロアと二人で王城を訪れ、リリー殿下からの手紙を見せると、すぐに中庭へと案内された。そこでヒポポたちを《顕現》して待つことしばし。ついにリリー殿下が騎乗姿で現れた。数名、供を連れているが、王族の身分を考えたら、それはかなり少ない随行の人数だろう。

膝をつき頭を下げるロア。

私も、遅れて膝をつく。

「急なお誘いに、ようこそ参加くださいました。どうぞお立ちください」

「はっ。失礼いたします」

白面《はくめん》の会は、言わば無礼講が建前の会だったが、今回は王族としてのリリー殿下から正式に招待を受けた身だ。私もそれなりに所作に気をつけて返事をする。不敬罪で剣の錆《さび》になるのはごめんなので。

リリー殿下の背後に控える騎士二人。どちらも女性だ。

身にまとう魔素の流れの滑らかさから推察するに、実力的にはリリー殿下に匹敵しそうな腕前に感じられる。まとう魔素自体も濃い。

「ああ、こちらはわたくしの騎士団の騎士です。ゾロアーと、リスミスト。こちらが救国の英雄、竜を従えし者、アドミラル領カゲロ機関の長たるルスト師です」

おそれ多くも、リリー殿下自ら紹介してくれる。随分と私のことを調べているようだ。その気さくな言動が、どこまで計算されたものなのか考えながら、私はリリー殿下の背後の二人へと礼をとる。

ゾロアーとリスミストと呼ばれた二人はリリー殿下の腹心だろう。であれば、事前に私の情報を共有していないわけがないのだが。

こちらからもロアを紹介し、改めてお誘いいただいたことに感謝を伝える。

「ほう、貴殿があのロア・サードか。騎士カリーンの蒼《あお》き双槍《そうそう》の片割れですな」

ゾロアーと紹介された方の騎士が、ロアを見てにやりと笑う。

微かにロアがむっとした様子を見せる。どうやらロアの気に障るポイントがあったようだ。

「どうですかな。ぜひ、一槍《ひとやり》交えてみませぬか？」

ゾロアーは背後に背負った槍を揺らしてそう、ロアを誘う。どうもこのためにロアを煽《あお》ったようだ。

「ゾロアー、不躾《ぶしつけ》ですよ。何も準備をしていない客人に、そのようなこと」

もう一人の騎士、リスミストがそんなゾロアーを止める。しかし、どこかセリフ臭いし、本当に止める気はなさそうだ。だいたいリスミストのそのセリフも、ロアが咄嗟《とっさ》の戦闘に対応できないだろうと言っているようなものだ。

そういうロアは、今にもゾロアーの誘いに乗りかねない様子。

問題は向こうの目的が不明なことだ。私がロアを連れてくるのを予想できたとは思えないが、私たちが中庭で待っている間にでも打ち合わせをしていたのだろう。

だとするとこのままロアを戦わせるのはリリー殿下たちの思うつぼになりかねない。

私はそこで、一つ提案してみることにした。

「せっかくの遠乗りのお誘いです。どうですか、誰が一番速いか競うというのは？」

「まあ、それは面白そうですね」

一見、朗らかに笑いながら同意してくるリリー殿下。

「でも、この子は王国一の駿猫《しゅんびょう》ですよ。ゾロアーとリスミストの乗っている子たちも、この子の姉妹騎獣です。あまりに救国の英雄殿たちに不利ではありませんか」

自らのまたがる猫型の騎獣を撫《な》でながらそんなことを言いだすリリー。手の動きだけは優しげだ。

その目は、どこか冷ややかにヒポポとシャリルを見ている。

「それはどうでしょう。特に私は不利には感じません。よければスタート地点とゴールを決めませんか」

私は、救国の英雄、という呼び名のことはスルーして、さっさと始めましょうという意思を込めて伝える。シャリルを可愛がっているロアの機嫌が一層悪くなってきているのが、背後からひしひしと伝わってくるのだ。

私もヒポポを馬鹿にされたようなものだが、リリー殿下の言葉は、実はかなり的外れな指摘だったりする。

ヒポポタイプの錬成獣は私のオリジナルで、リリー殿下一派はその実力を見誤っている。この前のことといい、こちらのことを調査したにしては、結構抜けがあるようだ。

逆にリリー殿下たちの乗る、二股の尾を持つ猫の錬成獣のことは、私は実はよく知っていた。私が錬金術協会にいた頃に、あのタイプの開発に手を貸していたのだ。

――というか、リリー殿下の騎獣、あのとき創られた錬成獣の系譜の子っぽい。魔素の雰囲気から見ても。大事にはされているみたいでよかった。

しっかりと毛繕いされ、適切な栄養と魔石供給の管理が感じられる均整のとれた体つき。よく懐《なつ》いているのも見てとれる。私はそんな親心めいた視線で騎獣たちを見てしまう。

「わかりました。スタート地点は王都の門を出たところ。ゴールは街道をまっすぐ行ったところにある、ケルシャルの丘の廟《びょう》でいかがですか」

「ええ、そこならわかります。いいですよ」

私はケルシャル王の名を冠した丘に立つ霊廟《れいびょう》の場所を知っていたので快諾する。

——これは勝ちは確実なんだが、あまりに、圧勝してしまうのはよくないのかな。

移動しながらちらりと見たロアの顔は、戦意に満ち満ちていた。手を抜くように言うタイミングも掴《つか》めず、すぐに私たちは王都の門へと到着してしまう。

スタート直前、リリー殿下が話しかけてくる。

「さて、せっかくの競争です。ただ騎獣を駆るだけではつまらないと思いませんか、救国の英雄殿？」

剣姫が、両手の指先だけ合わせ、首を傾《かし》げながらそんなことを言い出した。

「それは、勝者がなにか褒賞を頂けるということでしょうか？」

私は街道の周りを続々と埋めていく人垣を眺めながらリリー殿下に訊《たず》ねる。先ほど門番にゾロアーが話しに行っていた。これから始まる私たちの早駆け勝負のことが、門番からあっという間に噂《うわさ》となって広まったのだろう。

早駆けのため、街道を空けてもらうという点では、それはよかった。

人垣から、若い女性を中心にリリー殿下への声援が上がっている。ただ、それを上回るぐらい、私への声援が聞こえてくる。なぜか男性や、家族連れが中心のようだ。

「あれが救国の英雄殿！」

「意外といい男じゃない？」

「パパ、ドラゴン、どこ？　真っ白なドラゴンっ」

「ルスト師の方が声援が大きい」

ポツリと呟いたロアの声。なぜか少し満足げだ。そして、その呟きが聞こえたのだろう、ゾロアーとリスミストの顔が少し険しくなる。ただ、聞こえなかったフリはするようだ。

私とリリー殿下は周りの諸々《もろもろ》は置いておいて、話を続ける。

「負ける気がないのですね。どうでしょう、賭けにするというのは」

「賭け事は、貴種にあるお方としてはあまり褒められたものではないのでは？」

私はやんわりと止めてみる。

「上に立つ者ほど、決断が必要でしょう？」

「——賭け事も、そのうちに含まれるということですか。わかりました。何を賭けるのでしょうか」

「救国の英雄殿たちが勝ちましたら、先日お渡しした魔晶石の秘密をお教えする、というのはいかがでしょうか」

私は一瞬、返事につまる。それはかなり気になっていたことだったので。

「——それで、私たちが負けた場合はどうすれば？」

「カルザート王国第二王女たるわたくし、リリエンタール＝カルザートのものになってくださいまし」

両手の指を再び合わせ、にっこりと笑いながら、リリー殿下が賭けの内容を告げた。

私はその朗らかながら、目が笑っていない笑顔を見て、決意する。

これは圧勝しなければいけない戦いなのだと。

「いいでしょう。その賭け、受けて立ちましょう」

「ルスト師っ！」

何か言いかけるロアへ、手のひらを向けてなだめるように伝える。

「大丈夫。絶対勝つよ」

私が力強く言い切ると、ロアもしぶしぶ引き下がる。

「まあ。それでは早速始めましょう。五人のうち最初に霊廟にたどり着いた者が、勝者です。ゾロアー」

「はっ！　門番殿！　スタートの合図を頼む」

慌ただしくも準備が整う。

私たち五名は門の外でずらりと一列に並ぶ。

皆の視線は急に合図役に任命された門番へと注がれている。

大きく上げられたその手。

「それでは、スタートの合図をさせていただきます。皆様、準備はよろしいでしょうか」

「よい。始めてくれ」

「わかりました。三、二、一、スタートっ！」

門番の手が勢いよく振り下ろされた。

五匹の騎獣が一斉に門を飛び出す。

街道を囲む群衆から、わーっという歓声が上がる。

私の乗るヒポポとロアの乗るシャリル、その二匹の脚運びは伸びやかで、スライドするようにその体躯《たいく》を前へ前へと進めていく。

いっそ優雅ともいえる滑らかな体運び。ぐんぐんと加速するヒポポとシャリル。それでも、体感的には全速力の七割程度の速さだ。

これぐらいなら上に乗る私とロアにとっては慣れたもので、辺りをゆっくり見回す余裕すらある。

「あれ？」

私は思わず呟いてしまう。

右手後方すぐに、ロアとシャリルはいる。しかしそれだけだ。

私はまさかと思い、ぐっと上体を回して、後方を確認する。そこには必死の形相で騎獣の手綱にしがみつく、リリー殿下たち三人の姿があった。

「遅すぎない？　想定よりもかなり遅いかも……」

私が開発に携わった猫型錬成獣は、もう少し速かったはず。

——考えられるのは……世代交代して、遅くなった、のか。もしくは乗り手の腕かな。

いったん前方を確認して、私は再び後ろを振り向く。

リリー殿下とちょうど目が合う。

なぜか驚愕《きょうがく》に見開かれた目。本当に自身の猫型騎獣の方が、私のヒポポたちより速いと思っていたようだ。

——まあ、確かにヒポポたちはパッと見はまるまるしているしね。でも、そのほとんどは筋肉なんだよね。それに加えて、八本ある脚は急加速、急制動に関しても高い能力を持っているから。

八本脚のカバ型騎獣の高い加速性能と、豊富な筋肉による高速度の維持能力は他の地を駆けるどの錬成獣よりも優れているのだ。

二股尻尾の猫型騎獣は、確かにそれなりの走行性能がある。しかしその開発に携わった立場から言わせてもらえば、その本質は立体機動性能の高さだ。

多分、そのことはさすがにリリー殿下も把握しているだろう。

どんどん離れていく、後方のリリー殿下たちを見ていると、何かを決意した顔を見せる。その視線は街道の周りの森へと向けられている。

リリー殿下の手綱がきられ、三体の猫型騎獣が街道を外れる。

まだ街道を囲うように点在する観客をひらりと飛び越えていく猫型騎獣たち。

「お見事」

――なかなかの騎獣捌《さば》き。どうやらリリー殿下たちの腕が悪いわけではないな。速度が遅くなっている原因は、交配に携わった王城付きの錬金術師あたりにありそうだな。速度や性能よりも見た目の華美さを優先した、とかの気がする。

私は周囲を見回す。

街道はこの先、森に沿って右に曲がっている。そしてリリー殿下たちは、街道を外れ右側の森へと入っていった。

つまり、森を突き抜けてショートカットするつもりなのだろう。

ロアがシャリルを駆り、私の隣に並ぶ。

「ルスト師！　どうする？」

「本気、出しますかっ！　霊廟までの距離が私の記憶通りなら、全力でもヒポポたちの体力的には問題ないはず！」

「了解っ！」

私とロアはヒポポたちの肩を叩《たた》き、合図する。

それまでの滑らかな足運びから一転。静かにすら感じられた街道に、一気に爆音が生まれる。

それは二匹の騎獣が大地を踏みしめ、えぐり、自らの体を最速で前へ前へと推し進める音。

街道が、そのあまりの威力に割れる。

ヒポポたちの足の形に、穴が生まれていく。

踏み出す衝撃に、頑丈なヒポポの脚の骨が、筋肉が、ぶるぶると波打つのが伝わってくる。

これが、滅多に出させないヒポポたちの真の本気だった。

――この穴、あとでちゃんと埋めないと怒られるな。

私は胸がヒポポの背に付くほどに身を屈《かが》めてしがみつく。そうして巻き起こる向かい風をやり過ごす。

景色がものすごい速さで後ろへと流れていく。

そのあまりの足音の大きさと私たちの速度、そしてえぐられた街道を見て、街道の周りの群衆の、目を丸くしている姿が私の目の端を流れていく。

――この短時間でよくもまあ、こんなに観客が集まったよな。ああ、違うか。街道にいた人たちが避《よ》けてくれているのか。

ロアすらも引き離し、ヒポポが前へと出る。そしてついに霊廟が見えてくる。

私は無理やり顔を上げる。顔面を叩きつける風に逆らい、リリー殿下たちの姿を探す。

「……いない？」

「ルスト師！　真横！」

ちょうど真横の木々の切れ目から、リリー殿下たちが飛び出してきた。

そのままだと、衝突するコースだ。

私は、世界がゆっくり動いているような感覚にとらわれる。

こちらに気づいたリリー殿下の顔。驚きと恐怖が張り付いている。しかしその姿は、細い木の枝と葉っぱまみれで、なかなかに面白いことになっていた。

そのときだった。ヒポポの体を魔素が駆け巡る。その全ての魔素がヒポポの八本ある脚へと集まり、一気に解放される。

それはまるで砲弾だった。

飛び出してきたリリー殿下を置き去りにして、ヒポポとそこに乗る私は一足飛びに霊廟へと到達する。

そしてあまりの勢いに、霊廟を通り過ぎる私たち。

「《展開》《顕現》ローズ！」

スクロールから溢《あふ》れ出すローズの蔓。その蔓がヒポポを私ごと優しく包み込む。蔓がぎゅーと引き伸ばされながらも、その速度を全て殺しきってくれる。

私たちは無事に止まると、後ろを振り返る。

遥《はる》か後方に見える霊廟に、ちょうどリリー殿下たちとロアが到着したようだ。

とりあえず賭けに勝ったことにほっとしつつ、皆の元へと向かうことにする。

私はヒポポから下りると、クールダウンをかねて、ゆっくりと一緒に横を歩く。

《転写》のスクロールでヒポポの状態を簡単にチェックする。

——最後の急加速で、かなり魔素を消費したみたいだ。最低限の活動には問題ないけど、王都に戻ったら投薬がいる状態だな。

「ヒポポ、ご苦労さま！　最後の加速、すごかったぞ」

「ぶもーっ」

少し疲れた様子で、それでも得意げなヒポポの鳴き声。あわや接触事故というところでとっさに機転を利かせてくれたヒポポを盛大に褒め、撫でておく。

その後、クールダウンのためしばらく歩いたおかげで、心拍も落ち着いてきたようだ。いったんヒポポをスクロールへと送還しておく。

「ローズもありがとう」

ふるふると蔓を振り、スクロールへと引っ込んでいくローズ。

私は一人になると、てくてくと霊廟へと向かっていく。

近づくにつれ、皆の表情がはっきりと見えてくる。

必死に取り繕っているが、顔を真っ赤にして、じっとこちらを見つめるリリー殿下。

その全身に絡まった木の枝と葉っぱをゾロアーとリスミストが必死になって取り除いている。二人も全身葉っぱまみれのままだ。

特にリリー殿下の編み上げた髪に刺さった枝を取るのに二人は苦労している様子。

多分、強引に引き抜くと編み上げた髪がほどけてしまうのだろう。

顔を見合わせ、頷き合うと、諦めるようだ。

今度は互いの体に絡んだ葉っぱを取りはじめる。

——え、そこ諦めちゃうの⁉　めちゃくちゃ目立つんだけど。他の枝とか葉っぱがなくなったから、頭から生えたままの木の枝、余計に目立ってますよ。

思わず内心、突っ込みを入れてしまう。

リリー殿下はようやく顔の赤みが引いて、取り澄ました顔に戻っている。少しでも威厳を保とうと背筋を伸ばし真剣な顔を作っているようだが、頭から生えたままの枝で全て台無しだ。

その隣、少し離れたところにいるロアは非常に満足げな様子。見たこともないぐらいの笑顔を見せている。

普段、食べ物のこと以外であまり感情を見せないロアとしては非常にレアなことだ。一応シャリルを労うようにしているが、その視線はちらりちらりとリリー殿下たちの様子を窺《うかが》っているみたいだ。その度に笑みが深まっている。

私は直視しづらいリリー殿下の枝の生えた顔から逃げるようにシャリルの元へ向かう。まずは展開したままの《転写》のスクロールで状態をチェックする。

「うん、シャリルは大丈夫。ロアはうまく乗ってたみたいだね。……勝ったな！」

なんとなく手のひらを見せるようにして掲げる。

笑顔でパチンと私の手のひらにハイタッチするロア。

「ルスト師、最後の加速、すごかった！　ヒポポは大丈夫？」

早々にヒポポを送還したのを見て心配してくれたのだろう。私は安心させるように笑顔を見せて伝える。

「魔素をギリギリまで使ったみたいで少し疲れているけど、大丈夫だよ。王都に戻ったらすぐにケアしてあげる予定。すぐに元気になるさ。あっ、帰りは私もシャリルに乗せてくれ」

「わかった」

ほっとした様子で息をつくロア。

「それで、あれ。どうするの？」

そう伝えてくるロア。ちらっと動いた視線でリリー殿下たちのことを言っているのがわかる。

先ほどからずっと無言のままこちらを見つめていたリリー殿下が近づいてくるところだった。

第三話　鍵の魔晶石

リリー殿下がこちらへと歩く動きに合わせて、頭から生えた枝に残った葉っぱが一枚、揺れている。

今にも落ちそうな葉っぱぐらい、取ってあげたらよかったのにと思ってゾロアーたちの方を見れば、しまった！　という表情をしている。

どうやら二人とも失念していたようだ。

私は頑張って視線を、揺れる葉っぱからそらす。ここで下手に手を出して取ろうとする愚策は決して冒さない。

やや視線をそらしたまま、リリー殿下へと話しかける。

「さて、これで私の勝ち、ということでよろしいですね」

「ええ。完敗です。最後の飛び出しは申し訳ありませんでした」

殊勝な顔で頭を下げるリリー殿下。揺れる葉っぱ。

ふと視界の端で、ロアがごそごそしている様子が見える。前に使っていた面布の魔導具をつけ直していた。

――ロア、絶対面布の下で大笑いしているよね、あれ。ずるいぞ。私は必死で耐えているのに！

私は気を取り直して、リリー殿下との会話を続ける。

「私が勝ったので、この魔晶石のことをお教えいただけますかな？」

「まあ、意外とせっかちなのですね、ルスト様は」

突然の名前呼び。どういう心情の変化かはわからないが、ひたすらスルーしておく。

「それで？」

私は笑顔で催促してみる。

「ご覧いただいた方が早いでしょう。申し訳ありませんが、お一人でついてきてください。ゾロアー、リスミストもここで」

「はっ」

「かしこまりました」

私もロアの方を向く。腕を組んでそっぽを向いている。面布のせいで表情は見えないが、なんとなくあまり機嫌は良くなさそうだ。

ただ、待っていてはくれそうではある。

さっさと歩きだしたリリー殿下のあとを追うようにして、私も歩きだす。

「それで、リリー殿下、どちらへ？」

「霊廟《れいびょう》です。知っていましたか、この霊廟は国祖たるケルシャル王のものといわれておりますが、それだけではないのです」

「いや、歴史にはとんと疎くて、存じません」

私は自分の苦手分野なので、はっきりと伝えておく。

それに無言で頷《うなず》くリリー殿下。私が興味も知識も乏しいことをすぐに理解してくれたようだ。

霊廟の入り口を通り過ぎ、さらに奥へと向かうリリー殿下。

分かれ道の一つを進む。

しかしすぐに正面には壁。ただの突き当たりのようだ。

「簡単に説明しますと、このケルシャル王の霊廟のような施設がこのカルザート王国内にはいくつかあるのです」

リリー殿下が取り出したのは、白面《はくめん》の夜会で私に手渡されたものと同じに見える細長い魔晶石だ。

リリー殿下がその魔晶石を、正面の壁へとかざした。

リリー殿下の手の魔晶石が、壁に触れる。

魔素のきらめきで、魔晶石がふわっと光ったかと思うと、次の瞬間、壁に魔法陣が浮かび上がる。

見たことのない魔法陣だ。

くるくると壁の上で回りはじめる魔法陣。それが崩れたかと思えば、魔素の光が文字となって壁の表面に現れる。一見、読めない文字列だ。

その文字はセイルークの半透明のプレートに表示されるものと同じ形式のものだった。

その一部が二重写しのようになって、私の目には映る。

「バックドア？　管理者権限、……入力？」

思わず、その意味のわからない、飛び飛びのその文字を呟《つぶや》いてしまう。

「ルスト様！　やはりこの文字が読めるのですね！」

ぱっとこちらを振り向き、距離を詰めてくるリリー殿下。またふわりと、花の香りが鼻先をくすぐる。

リリー殿下の手にした魔晶石が壁から離れ、文字も消える。

「お、落ち着いてください、殿下。ほら、賭けに勝ったのは私ですよ。説明の続きをお願いします」

私は両手を上げ、迫るリリー殿下を押し止《とど》める。

「失礼いたしました。この壁に浮かび上がった文字は、原初魔法の文字だと王家に伝わっております。しかしその読み方も、長きにわたる戦乱の中で、失われていってしまったようなのです。千年前に始まった、人と竜種対、魔族の争いで。もう残っているのは、こういった古い建物に、この鍵の魔晶石をかざして現れるものだけとなってしまいました」

自らの鍵の魔晶石を握りしめながら、呟くように教えてくれる。

「なるほど……。しかし、なぜ私がそれを読めると思われたのですか？」

私は一連のリリー殿下たちの行動を思い出しながら訊《たず》ねる。その行動から推測するに、会う前から、目をつけられていた可能性が高そうなので。

「原初魔法が竜種より人へと伝えられたという逸話はルスト様もご存じかと思います。そしてルスト様は数百年ぶりに竜種との契約を果たされた方。であれば、この原初の文字も読めるのでは、と思いました」

そこでいったん、口を閉じるリリー殿下。その視線は私の反応を探っているかのようだ。

私はそんなリリー殿下の視線には気づかないふりをして、自分が渡された魔晶石でもできるのか試してみようと、鍵の魔晶石を取り出す。リリー殿下を避けるようにして壁へと近づくと、魔晶石をかざそうと腕を伸ばす。

背後で、リリー殿下が再び口を開く。どこか決意のにじむような口調。

「それで、改めてお願いします。ルスト様、わたくしと結婚し、王家に入ってくださいませんか」

えっと驚き、私はリリー殿下の方を振り返る。

ちょうど同じタイミングで、私が壁にかざした魔晶石から発生した魔法陣が、文字へと変わる。

しかし、それは先ほどのものと、文章が変わっていた。

《管理者権限を確認。転送を開始します》

私の体を包んでいく、魔素の光。

目の前の、髪から枝を生やしたまま真剣な表情でこちらを見つめるリリー殿下の顔が、次の瞬間、かき消えた。

リリー殿下の驚き顔が消え、目の前に現れたのは殺風景な小部屋だった。

どうも、私の方がどこかに転移させられてしまったっぽい。

現代の錬金術では、まだその再現には至っていない転移魔法。かつて原初魔法が世界に満ちていた頃には存在していたという、伝説の魔法の一つだ。

「びっくりした……。あれって求婚だったんだよな？」

呟きが小部屋に響く。

——結婚してと言われるとは考えもしなかった……。ドラゴンとの契約者を取り込みたいっていいう政略結婚的な何かっぽいけど。いや、まずは目の前の事象に対応することを優先しよう。

ざっと見回した小部屋には出入り口どころか、窓ひとつない。

ただ、ひとつ。

部屋の中央に真っ黒で、手のひらより少し大きいぐらいの立方体が回転しながら浮いていた。

「完全な密室だな」

――ただ、この鍵の魔晶石をどこかの壁にかざせば帰れそうな気はするんだよね。転移前に文字の浮かんだ壁と、ここの小部屋の壁が似ているし。問題はあれだよな……。

私はくるくると回り続ける黒い立方体を怪しみながら見つめる。

――罠《わな》か。もしくは……。ちらりと見えた転移前の壁には管理者権限と書かれていた。とすると、あれは何かを管理するためのものか。はたまた、ここがあれを管理するための部屋か。

迷いながらも、私はいつものように決断する。迷ったら好奇心を優先することにしているのだ。

部屋の中央へと歩み寄ると手を伸ばす。浮かぶ立方体に触れる直前で斥力場《せきりょくば》を手のひらに感じる。

そのまま持ち上げていくと、手の動きに合わせて、立方体が持ち上がる。

重さは感じない。

そのときだった。

くるくると立方体の回転が速くなったかと思うと、私の目の前に半透明のプレートが現れる。

プレートに表示された文字列は一部しか読めないままのものだ。この、すべての文字が読めないのが微妙に不便だ。

二文字だと思われる前半の記号と、五文字と思われる後半の記号。

ただ、それは見覚えのある文字列だった。

初めてセイルークと契約したときに見た文字列。

回り続ける黒い立方体に、白い線が浮かんだかと思えば、そこから溢《あふ》れ出す白い光。その光が私を包んだかと思うと、半透明のプレートに表示された数字とおぼしき文字が変わりはじめる。

手の中で回転しながら光を撒《ま》き散らし続ける黒い立方体。そして変化を続けるプレートの数字。

どれくらい時間が経《た》ったか定かではないが、気がつけばプレートは消え、黒い立方体が部屋の中央に戻っていた。

「何だったんだ、一体……」

私が改めて黒い立方体へと手を伸ばすも、今度はそのままさわれることなく、立方体を手が通過してしまう。

「さわれない……。プレートも消えてしまって確認できないか」

私はいま起きたことについて思索を巡らす。

——多分だが、記号の変化の仕方から見て、どうもセイルークと契約した際に減ったものが少し増えたように思える。セイルークと契約した際と逆の順番で変化していたように見えたから。ふむ。

しかしこれが何かは依然として不明か。

私は、まだわからないか、といったん謎は保留にしておく。

次は元の場所に戻れるか試すため、鍵の魔晶石をこの部屋へ来たときに目の前にあった壁にかざしてみた。

再び、かき消えるようにして、壁が消失する。

日の光が、先ほどまで室内にいた目に眩《まぶ》しい。

「ルスト師！　どこから――？」

ロアの驚きの声。目の前には、ロアと、ゾロアーたち。

どうやら霊廟の外に転移したようだ。

ぱりん。

そのときだった、私の手の中から、硬質な音がする。手の中の鍵の魔晶石を見る。

それは、綺麗《きれい》に真っ二つに割れていた。

「壊れた……」

――壊れる仕様なのか？　それか、一度きりしか使えない？

私はあとで詳しく調べようと、割れた魔晶石をしまい込む。

「ルスト師、何があったの？　突然出てきた」

重ねて聞いてくるロア。私はゾロアーたちの耳を気にして、小部屋のことは濁して答えることにする。

「どうも、霊廟の中から転移したみたいだ。ゾロアー殿、リリー殿下は多分まだ中にいるかと思います」

私は霊廟の中を指し示す。無言で顔を見合わせるゾロアーとリスミスト。目配せのあと、リスミストが霊廟の中へと向かう。

どうやらゾロアーがこの場に残るようだ。こちらを、いい笑顔でじっと見つめるゾロアー。なんだか、帰しませんよ、と言われている気がしてくる。

——ああ、これで帰っちゃうってわけにはいかないか。そうだよね。返事もしないといけないしな。最初から答えは決まっているようなものだけど、けじめはつけないとね。

そうこうするうちに、すぐにリスミストを連れて、リリー殿下が速足で外へと出てくる。波打つ豊かな金髪を、なびかせながら。

編み上げていた髪をほどいたようだ。木の枝が取り除かれている。よく見ると、リスミストの手に、粉々になった木くずが見える。

「ルスト様！　ご無事で何よりですっ——」

「ご心配をおかけいたしました。どうも外へと飛ばされてしまったようです。しかも、魔晶石も割れてしまいました。これは、そういうタイプの仕掛けなのでしょうか？」

私は質問される前に、真実だけを淡々と述べて、さらに質問をすることで先制してみる。

「え、それはっ！　しかし、ではあの文字は——」

そこまで話して、結局口を閉じるリリー殿下。やはりあの壁に表示される原初の文字のことは、この面子《めんつ》でも大っぴらにはしたくない様子だ。

ここぞとばかりに畳みかけることにする。

「それと、先ほどの件ですが、お断——」

そのときだった。

「きゅーっ！」

聞き慣れた鳴き声が、私の断り文句を遮る。影が私たちの頭上を通り過ぎたかと思うと、ずしっとした重みが私の頭の上にのしかかる。

セイルークだ。

「セイルーク！　重い！　どうしたんだ、いったい。お留守番、していたはずだろ？」

「おお、あれが噂《うわさ》の！」

「伝説は本当に――」

「やはりルスト様こそが……」

セイルークを見たリリー殿下たちが、急にかしましい。

「きゅー！　きゅー！　きゅー！」

そんな周りの様子など無視して、激しく鳴き続けるセイルーク。

様子がおかしい。

セイルークとの付き合いも長くなってきたので、なんとなく急《せ》かされていることだけは伝わってくる。それも、かなり切羽詰まっている感じだ。

私の反応の鈍さに、もう待てないとばかりに首を伸ばすセイルーク。

その口が、私の左腕へ。

「いたっ！」

セイルークの牙が、私の左腕を浅く切り裂く。

傷からは、血がにじみはじめていた。

「キュ――ッ！」

高らかなセイルークの鳴き声。

私の目の前と、セイルークの前、それぞれに半透明のプレートが現れる。

先ほど、立方体から溢れ出た白い光を取り込み、増加した何かが表示されたプレートだ。

それはセイルークと初めて契約したときの焼き直しのようなシチュエーションだった。

「ルスト様、血が！」

事情を知らないリリー殿下がこちらへ駆け寄ろうとしてくるのを手を上げ押し止める。

「セイルーク、これが必要なのか？」

「きゅっ！　きゅっ！」

私の肩から飛び立ち、滞空したまま、こちらを真剣な瞳で見つめるセイルーク。その尻尾が肯定するかのように上下に動く。

一瞬のためらい。

「わかったよ」

私は、結局、プレートの文字列に指を触れる。

減りはじめる数値と思える文字。

そして現れた二つの文字列。

これは、二重写しになっていて、今なら読める。

「はい」と「いいえ」だ。

当然、「はい」と書かれた方へ触れる。

セイルークの牙によって、うっすらと血のにじんだ傷口から溢れ出す白い光。

それらがすべてセイルークへと吸い込まれるようにして移動していく。

輝くセイルークの体。

「なんと神々しい……やはりルスト様なら」

「神の光？」

「これは王国のためになんとしても手に入れなければ――」

リリー殿下と取り巻きの驚きの呟きがここまで漏れ聞こえてくる。一つ、欲望丸出しの発言が交じっていたが。

溢れ、辺りを満たしていた光が、収まる。

セイルークの体は一回り大きくなり、翼が一対、増えていた。

「ギュルル」

少し野太くなったセイルークの鳴き声。私の肩に止まろうとして、足が少しはみ出す。

重たい。

私が少しよろけていると、再び、セイルークが高らかに鳴く。

「ギュ――ッ！」

そこに含まれる警戒を促す響き。

「ロアっ！　何か見える!?」

私はとっさにロアに訊ねる。

「っ！　霊廟！　崩れて、何か出てくる！」

その言葉が合図だったかのように、いくつかの出来事が立て続けに起きる。

二対の翼を大きく広げ、魔素の輝きを宿すセイルーク。

ゾロアーとリスミストがリリー殿下を守ろうと霊廟側にその身を割り込ませている。

私もロアを霊廟から遠ざけようと手を引く。

そして、霊廟が崩落した。

無数の瓦礫《がれき》がこちらへと飛んでくる。

ぶつかるっ、というタイミング。その瓦礫が、まるで壁に当たったかのように空中で一瞬止まり、そのまま地面へと落ちていく。

そこにあったのはセイルークの翼から溢れた魔素が作り出した、障壁だった。

盾のように展開された魔素が、リリー殿下たちも含めて私たち全員を瓦礫から守ってくれていた。

すべての飛んできた瓦礫が、セイルークの魔素の盾で防がれる。目の前に、瓦礫の山が積み上がる。その瓦礫の山の向こうには、崩落によって生じた砂塵《さじん》が舞い上がっている。

その砂塵の中から、大きな黒い影が飛び出してきた。

だがすぐに、大きく見えた黒い影が、みるみる小さくなったかに見える。

どうも光の加減で、砂塵に影が大きく映っていただけらしい。

そして現れたのは、パッと見は、人だ。

それが、しゃべりだす。甲高い声で。

「ふぁあー。久しぶりの出番だー。お、この匂い、ものほんのドラゴンちゃんじゃないですかー。ふぃー。これは腕が鳴るなー」

それはポキポキ、ポキポキと肩を回して音を立てている。

四つある肩。

腕も、四本ある。

その身長は私よりも少し低いぐらいだ。しかし、全身に筋肉をまとっているため、大きく見える。

そして何よりも目を引くのは、その顔だ。

首がなく、肩の間から直接生えたその顔にあるのは、大きな口と穴だけの鼻。それだけだった。

ストレッチのような動きを続ける敵に対し、こちらはすでに全員、臨戦態勢だ。

敵の放つ圧倒的なプレッシャーに、セイルークの張った盾のこちら側で皆武器を構え、敵を凝視している。私も、スクロールを構える。

しかし、よくよく見ると、リリー殿下の剣を持つ手はブルブルと震え、その顔は青白くなっている。

それに対してロアは落ち着いたものだ。

その目には溢れんばかりの魔素のきらめきが宿り、眼鏡型魔導具がフル稼働している。

そこにあるのは、敵の僅《わず》かな変化を外側からも内側からも見逃さないという意気込み。

その姿勢が、頼もしい。

いくら剣姫と称《たた》えられていようと王室育ちの姫君と、修羅場をくぐってきたロアでは、やはり経験と覚悟が違うのだろう。

ちなみに、ゾロアーとリスミストの顔もかなり強ばっている。こちらは敵と自分たちの実力差を察しているのだろうか。

そして私の肩から首を伸ばしたセイルークは、これまでに見たことがないぐらい、獰猛《どうもう》な表情をしている。ギリギリと牙を噛《か》みしめ、爛々《らんらん》と光る瞳。ここまで好戦的な様子のセイルークも珍しい。

その二対の翼は、魔素の盾を維持してくれている。

「誰か、あれが何か知っているか？」

そう、皆に問いかける。皆、無言だ。

全員の様子を見て、ここは私が相手に問いかけるべきかと口を開く。敵なのは、ほぼ間違いないが、言葉をしゃべったのだ。何か聞けるかもしれない。

「問わせてもらう！　其方《そのほう》は魔族かっ？　人へ、敵対する者か？」

私の問いかけが聞こえないのか。もしくは単に無視しているだけか。その敵は一切答えることなく四つある拳を握りしめると、セイルークの魔素の盾を連打しはじめる。

その一撃一撃が、信じられないぐらい重たい。

ビリビリとした振動が、拳が打ちつけられる度に、空気を揺らす。

「ふむふむ。この感触、なんだ、まだ第二形態じゃないですか。せっかく、ものほんドラゴンちゃんなのに、まだまだ子供ちゃんでしたかー。気張って損したー。さっさと捻《ひね》り潰《つぶ》して、二度寝しよー」


体勢を変え、腰を落とすとまるで正拳突きを放つような姿勢をとる、敵。

その体から放たれるプレッシャーが、一気に高まる。

錬金術師としての私の目には、敵が、足から大地の魔素を吸い上げているのが見える。

その体幹に、大量の魔素が蓄積されていく。

私は本能の訴える危機感のままに、スクロールを発動させた。

敵の腰の回転に乗せられた魔素が、渦となって右手の一本へと流れていく。

それとは反対側の左側二本の腕は、引き手となってその腰の回転をサポート。

そして、右側残りの一本の手が、魔素を大量に宿した腕の、肘部分を支えるように握り込む。

すべてを右拳《みぎこぶし》一点に集約するような、その動き。

そして、突きが、放たれる。

敵ながら思わず見とれてしまうような美しい動作。四本の腕を持つ存在が放つ突きとして、これがまさに正解だと思わされる。

セイルークの張った魔素の盾へと敵の拳が突かれる。

盾が、散る。

爆風が、生まれた。敵の拳の先から溢れ出した魔素と爆風が、濁流のようにこちらへと襲いかかる。

「《顕現》ローズ！」

私の叫び声に合わせ、あらかじめ展開していた複数のスクロールからローズの蔓《つる》が溢れ出す。

押し寄せる魔素と爆風の濁流に対して、傘のような形をとるローズの蔓。幾重にも重なり合い、分厚く形成された蔓の傘が、私たちへ襲いかかるもの全てを散らすようにして防いでくれる。

「ふぅ。——ローズ、捕獲を試みてくれ！」

蔓の傘の一部が、こちらへと了承の合図してくれる。

そして、傘を形作るのとは別のスクロールが、敵の周囲を回るように飛び交い、取り囲む。そこから溢れたローズの蔓が、敵へと迫る。

「なんだー、この匂いは？　召喚獣にしてはポーション臭い。植物の人工生命体かー？　おら、ドラゴンをさっさと捻り潰して寝るつもりなんだけどー」

そんな訳のわからないことを言いながら、四つある拳を縦横無尽に振るう敵。

迫るローズの蔓が、敵の拳で弾《はじ》かれる。

「あれ？　てごわ、い？　あれ？　あれー？」

弾き続ける敵の拳をかいくぐり、溢れ続けるローズの蔓がついに敵を捉える。蔓に生えたイバラのトゲが、敵の腕に食い込む。

「まだまだー。ふんっ！」

敵が気合いを込め、体を捻る。

敵の腕に巻き付いたローズの蔓が、引きちぎられてしまう。あのスカイサーモンすらも引き裂いたローズの蔓が。

「強い！　捕獲は諦めよう。ローズ、全力で頼む！」

私はそれを見て、ローズにお願いする。

たとえローズの蔓を引きちぎろうとも、それはたった一本。

そこには、数十本どころか、数百本単位で敵に迫るローズの蔓。

敵の振るう拳は到底その数に追いつけず、ついに限界を迎える。

敵の全身を、イバラの蔓が覆い尽くす。

「ルスト師！　敵、笑ってる！」

完全に蔓で覆われた敵の表情を、ロアが透視して教えてくれる。

私にも見えていた。敵が、足から大量の魔素を吸い上げているのが。

それは先ほどのセイルークの盾を破ったときとは比べものにならないぐらいの、莫大な魔素だ。

「ローズ、とどめをっ！」

少し焦りながら、私は叫ぶ。

敵の全身に巻き付いたローズの蔓が、一気に引き絞られる。

それに合わせて、バラバラになる敵。

足も、取れ。

腕も、もげ。

胴体も、潰れ。

「おおっ？　おら、ここで、死ぬのかー」

蔓の隙間《すきま》から漏れ聞こえた敵の声。

そしてローズの蔓が、ついにその頭を引きちぎった。

頭部を失った敵の体が、ボフッと音を立てる。そこに立ち込めたのは、真っ白な煙。

その煙が風で吹き散らされると、敵の体は跡形もなく消えていた。

「消えた……。モンスターや呪術師の使い魔じゃなかったのか？」

このように死んだ後に消えてしまう存在を初めて見た私は、驚きながらも非常に興味をひかれる。

そこへロアから声がかかる。

「ルスト師、あれ」

その指先の指し示す先に、ゆっくり近づいてみる。すると、敵の消えた場所の地面に埋まるようにして、魔石があった。

私は《純化》処理済みの採集用手袋を片手にはめ、慎重にそれを拾う。

「これまた珍しい。完全な真球……。しかも何か紋様《もんよう》が刻まれている」

それは通常ゴツゴツした石のような魔石とも、カッティングが施された形状をしている魔晶石とも違っていた。

私がまじまじと手の中の魔石を眺めていると、ロアとリリー殿下たちが近づいてくる。

「ルスト様、先ほどは守っていただきありがとうございました。そちらもルスト様の錬成獣ですか？　とても、お強いのですね。――その紋様はっ！」

手の震えは止まり、顔色も少し赤みを取り戻したリリー殿下が、私の手の中の魔石を見て息を呑《の》む仕草をする。

「ええ、こちらの錬成獣はローズといいます。リリー殿下はこの紋様をご存じなんですか？」

私はスクロールから顕在したままのローズの蔓を撫《な》でて労《ねぎら》いながら訊ねる。

「……ルスト様も『原初の八人』のことはご存じですよね」

「ええ。創世の時代に現れたと言われている最初の八人の魔族ですよね。なんでも何体かはいまだに代替わりせずに、生きているとか」

「ええ。八体のうち、五体は主に争乱の時代にドラゴンによって打ち倒され、代替わりをしたそうです。ただ、残りの三体は、いまだに創世の時代から二千年以上、生き続けていると言われています。その三体が『妄執の一席』、『不義の三席』、『最弱の七席』。王家に残る資料で見たことがあります。これは不義の三席と呼ばれる魔族の紋様に見えます」

「つまりは、先ほどの四つ腕の敵は、その不義の三席の配下とか被創造物だという可能性があると」

無言で頷くリリー殿下。少し赤みが戻っていた顔色が再び青白くなっている。

私は余計なお世話かと思いつつ、リュックサックから気付け用にポーションを取り出すとリリー殿下に渡す。

「こちらは？」

「単なるポーションですが、少し気分が落ち着くかと思います」

「まあ。ありがとうございます」

笑みを浮かべ私からポーションを受け取るリリー殿下。しかし飲まずにしまってしまう。

――そうか。王族ともなれば、不用意に飲むわけないよな。失念していた。

少し顔色が良くなったリリー殿下が、帰還を告げる。

「さあ、王都に戻りましょう。霊廟の崩落に魔族の関与があることは、わたくしから関係部署に通達いたします」

「ありがとうございます。街道の修復については――」

私が、本気を出したヒポポによって刻まれた足跡について言及すると、それもリリー殿下の方で引き受けてくれるらしい。

ありがたいことではあるが、後が怖いなと思いつつ、断るのも無礼かとお願いすることにする。

そうして、私はロアの後ろに乗せてもらい、皆で王都へと向かった。

第四話

車輪の輻は七つ

「これが、セイルーク？」

宿に戻った私たちを迎えたアーリとカリーンが、変化したセイルークを面白そうに眺めていた。

特にカリーンは興味津々な様子で、セイルークの増えた翼をつんつんと指先でつついている。

「これ、別々に動くのか？」

セイルークがカリーンの声に応えて翼を動かす。

四枚ある翼が器用にも、別々に動く。ばっさばっさという音とともに風が巻き起こり、皆の髪や服の裾がはためく。

「くちゅん」

その一枚の翼の先がアーリの鼻先をくすぐったのか、くるっと後ろを向いたアーリの方から、くしゃみの音が聞こえてくる。

ロアがそんなアーリに甲斐甲斐《かいがい》しくハンカチを差し出す姿を何とはなしに眺めながら、私はカリーンに遠乗りであったことの報告を続ける。

「――以上です」

「それで、何か面白いことはあったか、ロア？」

私は十分に波乱に満ちた報告をしたのだが、そんなことをロアに訊《たず》ねるカリーン。

「ルスト師、別れ際にリリー殿下に迫られて嬉《うれ》しそうだった」

そこで、ロアからのいわれのない告発を受ける。確かに霊廟《れいびょう》跡から王都に戻ってきた際にリリー殿下がだいぶ距離を詰めて話しかけてきてはいたが、私には何もやましいことはない。

「ほーう、そうなのか、ルスト？　確かにリリー殿下は目鼻立ちは美人だからな。男装姿の凛々《りり》しさと、どこか天然で抜けているところがあるギャップは男性諸君から見たら、大層魅力的だろうよ」

なぜか満面の笑みのカリーン。そしてリリー殿下の性格についても詳しいようだ。私も髪に枝の刺さった姿を思い出してしまう。

「ごほんっ。そんなことはありません。それに何より、断ってますから！」

「それ、セイルークが来る前に言いかけてた、あれ？　ということは、二人で霊廟の中でも、そんなことを話してたの？」

「ほー。それは今の報告には入ってなかったなー」

ロアの質問にかぶせるように、悪ノリしたときのテンションで聞いてくるカリーン。これは、めんどくさいやつだ。とても。

「確かに、霊廟の中で、リリー殿下から求婚されました。でも、私はカゲロ機関を辞める気も、そしてアドミラル領を離れる気もないので。だいたい王家に入るとか柄じゃないですし」

「そうかそうか。ルストのその気持ちは私としては嬉しいことだな。しかし、王族からの求婚があったとはな。それは報告するべき事柄だと私は思うぞ」

満足げなカリーンだったが、後半は面白がりながらも、色々と思索を巡らせている顔つきに変わっていた。

しかしロアはまだ疑問の残る顔をしている。

「でも、あれ、断ったっていってもすごい中途半端だった。リリー殿下、別れ際にも迫ってたぐらいだし、諦めてないと思う」

「――あれは仕方ないだろう！　セイルークも来て、さらに敵が襲ってきたんだから。あのあと改めてお断りできる雰囲気じゃなかったし……」

なんとなく言い訳めいたことを言ってしまう。

「ロア、それぐらいに」

見かねたのか、アーリが止めてくれる。

「それとカリーン様、ルスト師。タウラ殿に連絡がつきました。急ぎ戻ってくるとのことです」

アーリから告げられたのは、タウラのことだった。リハルザムを倒した際に手がかりが見つけられず、一人王都を離れて呪術師の捜索をしていたタウラ。

先日の白面《はくめん》の会の後の襲撃に、呪術師の関与が疑われることをアーリから連絡してくれていたのだ。

その返事が届いたのだろう。

「そうかそうか。呪術師からの襲撃に、魔族の配下らしき存在。王家もちょっかいをかけてきたと。王都滞在も、いよいよきな臭くなってきたな」

手のひらに拳を打ちつけ、カリーンは心底楽しそうにそう言った。

私は数日かけて、ヒポポのケアをしていた。

◆◆◆◆

そんなある日のこと。私の部屋のドアがばたんと音をたて、乱暴に開く。

「呪術師！　出たのか⁉」

タウラが王都に戻ってきた。

私の宿の部屋に入るなり、こちらへと詰め寄ってくるタウラ。

「落ち着いて！　まだ確定では……」

私は、鼻息の荒いタウラに一連の襲撃のことを伝える。

「その手口は、間違いない。呪術師だ。私が呪いを受けたときと状況もかなり似ている。——それで、呪いを受けたローズは大丈夫だったのか？」

その瞳に復讐《ふくしゅう》の暗い炎を燃やしながらも、錬成獣のローズの心配をしてくれるタウラ。

「ああ。剪定《せんてい》もしたし、呪いの侵食の浅かったところは、私の特製ポーションを塗布したから、すぐに回復した。いまはピンピンしているよ」

私は先日のローズの様子を思い出しながら答える。剪定するときは、相変わらずいやいやしながらだったが。

「ああ。それは余計な心配だったな。ルストなら当然、大丈夫か」

「いや、そんなことはないよ。心配してくれてありがとう、タウラ」

リリー殿下と違って、含みのない相手とのやり取りはほっとするなと思いながら、私はタウラにお礼を伝える。

そうして私たちが話していると、カリーンが部屋に入ってくる。

「タウラ、戻ったのか。なんだ、ぼろぼろだな。大丈夫か」

「アーリ経由で連絡、ありがとう。私は問題ない。どうも王都周辺のモンスターの出現傾向が変わりつつあるようだ。初見のモンスターがいてな」

私はタウラにポーションを差し出しながら、興味をひかれて訊ねる。新種のモンスターだろうかとわくわくしながら。

「タウラが見たことのないモンスターがいたのか。どんな奴だった？　場所は？」

「ポーション、助かる。私が見かけたのはだな――」

そこで一息にポーションをあおるタウラ。

ふう、と吐息をもらすと、青ざめていた顔にだいぶ赤みが戻っている。問題ないと強がっていたが実際はかなり疲労もたまっていたのだろう。

心なしか丸くなっていた背筋も伸びたように見える。

「場所は王都からみて東だった。ただな。私が見たときにはすでに息絶えていたんだ。――ああ、ありがとう」

私が空のポーションの瓶をタウラから回収するとお礼を言ってくる。

「どういたしまして。そうか、死骸か」

「それとな、その死に方がちょっと変でな」

「変？」

「多分死んでから時間が経《た》っていたからか、その体はバラバラだったんだが。ただ、どうにも外からの傷って感じではなくてな。そう、まるで内側から何かがあって……」

見たものを思い出しているのだろう。顔をしかめながらそこで一度言葉を止めるタウラ。

「体内で、爆発したとかそんな感じ？」

私は夜会の帰りの襲撃を思い出しながら訊ねる。

「うーん、どうかな。そうとも言いきれない、見た目だった……。ああ、あと残った皮膚の一部に不自然な感じで血管が浮き上がっていた」

「ほう、それは興味深いな。東か。私もちょっと見に行って……」

そこへカリーンから待ったがかかる。

「二人とも、ストップ。ルスト、すまんがそれぐらいにしてくれ。それでだ、タウラ。帰って早速なんだが、一つ頼みがある」

「ほう。カリーンから頼みとは、珍しいな。それでなんだ？」

私は後で詳しく聞き出そうと思いつつ、いつの間にかタウラとカリーンが随分と仲良くなっているなと、不思議な気持ちで二人を眺める。

「改めて、託宣をお願いしたいのだ」

「ふむ。しかし呪術師については何度も試しているが、何も出ないぞ」

「セイルークについてなら、どうだ？」

「ほう……」

タウラはカリーンの提案に感心した様子を見せる。すぐに手のひらサイズの女神アレイスラの教典を取り出すと、祈りを捧《ささ》げる姿勢をとるタウラ。その全身が、巡る魔素の光でうっすらと輝きはじめる。託宣が始まったようだ。私は邪魔をしないように息を殺してその様子を見守る。

目をつむったまま、タウラの指が教典をめくりはじめる。ピタリとその指が止まった。

「『呪いを討ち滅ぼす』」

「『聖なる担い手』」

「『運命の車輪は七つの輻《や》を持つ』」

タウラの口から語られる託宣。

その指が経典をめくり終わる度に告げられたのは、三つのフレーズだった。

すっとタウラの全身から魔素の光が消えていく。

「聖なる担い手……。運命の車輪の七つの輻、か。これがセイルークへの託宣か。興味深い」

何かを考えている様子のカリーン。

私は、輻って確か車軸を支えている放射状の棒のことだったよなと思いながら、疑問点を口に出す。

「呪いを打ち滅ぼすって、セイルークが呪術師を倒すだろうってことだよね。運命の車輪は？」

「それは多分、呪術師を倒す流れに必要な何か、じゃないのか？」

考え考え、そう口にするカリーン。

私はそれで、なんとなく思い当たる。半透明のプレートに表示される例の読めない文字かなと。

そんな私たちの話をひどく真剣な顔つきで聞いているタウラ。

「しかし、カリーンはなんでまたタウラにセイルークへの託宣を頼もうと思ったんだ？」

「結果的には大当たりだったろう？　呪術師はセイルークのことを執拗《しつよう》に狙っているようだしな。

そしてセイルークが一回り大きくなったタイミングで現れた敵。それに何よりもタウラのいたアレイスラ教団の教会への襲撃。何か、繋《つな》がるんじゃないかってな」

「ありがとう、カリーン。これは大きな手がかりだ。しかし、そうか。託宣の力が狙われたのか。生き残ったのが私だったのが悔やまれる、な。私のいた教会にはもっと託宣の力の強い者たちがいたのに――」

ぎゅっと拳を握りしめるタウラ。

カリーンがそんなタウラに近づくと、そっとその握りしめられた手に、自らの手を重ねる。

「いや、そんなことはない。生き残ったのがタウラだからこそ、ルストと出会い、いまここにいるんだ。それは間違いないさ」

そのときだった。部屋の隅でうつらうつらしていた話題の主のセイルークが、起きて顔を上げる。

じっと、こちらを見る。

そのタイミングで、私とセイルークの目の前に、半透明のプレートが現れる。

そこには、こう書かれていた。

契約竜＝セイルークが条件を達成。クエストが解放されます。
——ワールドクエスト：運命の車輪を支える七つの輻——
達成2／7。
□□□□□□□
契約者の×％℃￥
□□□□□□□
□□□□□□□
□□□□□□□
管理されし暗黒
□□□□□□□
——ワールドアナウンス——
現存するプレイヤー三名に、ワールドクエストの解放がアナウンスされました

文字の横に描かれた車輪の絵。その七つある輻のうち二つが光っていた。

「タウラ、カリーン。プレイヤーって何かわかるか？」

私は二人に訊ねる。

タウラの手を離したカリーンがこちらを振り向き口を開く。

「どうしたんだ急に。プレイヤーといえば、『原初の八人』と呼ばれる魔族のことだろう？　童謡にも出てくるじゃないか」

そう言って歌いはじめるカリーン。私には聞き覚えのない歌だ。途中まで歌ったところで、何かに気がついた様子のカリーン。相変わらず勘がいい。

「前に言っていた、半透明のプレートが出たのか。ルストとセイルークにしか見えないと言っていたやつだな。どこら辺に出ているんだ？　今も出ているのか？」

私の目の前に来ると、手を伸ばしてバタバタと振り回すカリーン。好奇心で目がキラキラしている。

動きも相まって、子供みたいだ。

下から覗《のぞ》き込むようにして顔を近づけてくるカリーン。私から見ると、ちょうどプレートに顔を突っ込んでいる形になって、邪魔だ。

その額を押して遠ざける。

「ちょうど顔のところだ、カリーン。読むのに邪魔」

「押すなよ。それで、何と書かれているんだ？」

目の前と言われて寄り目になっているカリーン。一方、タウラは何のことだかわからない様子できょとんとしている。

「読めない部分もあるんだが、こんな感じだ――」

私はプレートに書かれた内容を伝える。

「クエストに、ワールドアナウンス――訳のわからない単語ばかりですね」

困惑顔のタウラ。

「これはあれだな。何かを見つけてあと五回セイルークをでかくしろってことだろう。二回はすでに成長して、でかくなっているしな」

うんうんと断言するカリーン。その意見の内容に、私も概《おおむ》ね同意する。

「セイルークを成長させる必要があることが、魔族に伝わったってことか……」

「それは、そんなに深刻に考えなくてもいいだろ。呪術師と魔族は何らかの関係があるのはこれまでの動向から明らかなんだし。襲ってきたら返り討ちにしてやるだけだ。なっ！」

意気揚々と拳を突き上げるカリーン。

タウラもカリーンの様子を見て、おずおずと真似して拳を突き上げる。

「それよりもルスト、重要な問題があるぞ」

一転、深刻そうな顔のカリーン。しかし、目が笑っている気がする。

私は嫌な予感がする。

「なんだよ、カリーン」

「セイルークを成長させるのに、霊廟にあったと言っていた黒い立方体みたいなものを、他にも探す必要があるんだろ？　それって、リリー殿下の協力がいるんじゃないか。どうするんだ？」

明らかに面白がっている様子の、カリーン。だが、その意見は無視できないものだった。

私はこれからのことを想像して、思わず黒い立方体探しを諦めたくなってしまった。

第五話
殿下の画策

「ルスト、返事が来たぞ」

カリーンがヒラヒラと手にした手紙を振って見せてくる。

タウラが戻ってきてから数日後の昼下がりだった。夜会の方も、行かないといけない会にはおおかた参加し終わった。それもあり、ここ数日は久しぶりにゆっくりと過ごしていた。

黒い立方体探しをするためリリー殿下へ話を聞きに行く用事がなければ、ハーバフルトンに戻れていただろう。そう考えると、なかなか複雑な気分だ。

その、リリー殿下からの返事。むげにされることはないとは思うが、万が一あてが外れた場合には別の手立てを探さないといけない。

その方が気楽かも、と思いながら私は手紙を受け取り、目を通していく。

「それで、リリー殿下からは何て書いてある？」

にやにやしながら訊《たず》ねてくるカリーン。

「……王城へ招待された。しかも、またしても当日の今日だ」

「それはそれは。だいぶ熱烈じゃないか！　さすが、求婚されただけはあるな」

「カリーン、もう、そういうのはいいから」

「はは、すまんすまん。で、誰を連れていく？　一人で来いとは書いてないのだろう？」

「……ないな」

私は手紙を読み返すがそんな記述は見当たらない。

「であれば慣例的に二人は随行しても問題ない。で、誰を選ぶんだ」

再びニヤニヤとするカリーン。なぜか私が誰を選ぶかが面白いようだ。

私は黒い立方体の探索の成功率を上げることを念頭に、二人の名前を告げた。
◆◆◆

「タウラもシェルルールも、急に連れ出してしまってすまないな」

私たち三人と、セイルークは王城の控え室にいた。ここでリリー殿下からの呼び出しを待っているように言われたのだ。

「いや、そもそも私の呪術師への復讐《ふくしゅう》が根底にあるのだ。今回のことも含めて、ルストにはかなりの労力を使わせてしまっているだろう。本当に感謝している」

真剣な顔でお礼を言ってくるタウラ。

そんな私たちの顔を交互に見て、おずおずと話しかけてくるシェルルール。

「あの、ついてくるの、本当にボクでよかったんでしょうか……」

「ああ、シェルルールの錬金術師としての仕事ぶりを見ていたけど、かなり思考が柔軟なように感じられたし、着眼点も鋭い。だから、シェルルールは普段通りにしていてくれ。あまり気負わずに、気がついたことがあったら教えてくれたらいいから」

「ルスト師――！　わかりました！　ご期待に添えるよう、全力を尽くします！」

なぜか、感極まった様子を見せるシェルルール。

なぜか、呆《あき》れたように私とシェルルールのやり取りを見ているタウラ。

「ルスト、ほどほどにしておいた方がいいぞ」

「……何のことだ？」

「いや、何でもない」

すっかりご機嫌な様子のシェルルールは、張り切って、この後の私たちとリリー殿下の話を記録するため、準備を始める。

書記役をしてくれるようだ。

セイルークはそんな私たちのやり取りなどどこ吹く風といった感じで、私の肩の上でうつらうつらしている。

どうも体が大きくなってから、前より寝ていることが多い気がする。

そんな中、ついにリリー殿下からお呼びがかかった。

私たちが案内されたのは中庭に設《しつら》えられた庭園だった。

決して豪華ではないが、植えられている一つ一つの植物が厳選され、丁寧な仕事ぶりで手が加えられているのが窺《うかが》える。

その庭園は、来客に王族の威光を示すよりも、そこを訪れる者の心を慰めるのを優先している雰囲気が漂っている。

城の中でもやけに奥まった場所にあるようだし、もしかすると王族のプライベートな空間なのかもしれない。

そんな庭園の中ほどにある四阿《あずまや》で、リリー殿下が一人座り、お茶を飲んでいた。

「ルスト様、ようこそいらっしゃいました。ドラゴン殿も歓迎いたします。ルスト様、お連れの方々をご紹介いただけますか」

リリー殿下から、紹介を促される。セイルークは寝てしまったかのように大人しいので、タウラとシェルルールを紹介する。

「リリー殿下、この度はお時間を頂き、誠にありがとうございます。こちらは復讐の女神アレイスラの信徒にして、神官騎士タウラ。そしてこちらはカゲロ機関の錬金術師シェルルールです」

「ほう、貴殿があの神官騎士タウラ殿ですか。先のスカイサーモンの襲撃時の活躍はわたくしの耳にも届いていています」

「恐縮でございます、殿下」

膝をつき、答えるタウラ。

「錬金術師シェルルール殿はルスト様の元で働かれているのですか？」

「は、はいっ。そうですぅ……」

かなり緊張した様子のシェルルール。もしかすると王族を前にしたときの庶民としては、これが普通なのかもしれない。

「ルスト様がここに連れてくるということは、優秀なのでしょうね。さあ、どうぞ皆様席についてください」

「それでは遠慮なく」

私がタウラの椅子を引いている間に、シェルルールは自分で座ってしまう。

座ってから周りを見回して、しまった、という表情を見せるシェルルールに優しく微笑《ほほえ》みかけるリリー殿下。しかしすぐにこちらを向くと話しかけてくる。

「手紙によりますと、ルスト様は、先日の霊廟《れいびょう》以外に原初の文字が浮かび上がる壁があるか、お聞きになりたい、ということで間違いありませんね」

「はい。その通りです」

「たまたま、心当たりがございます」

「なんと！　それは、お教えいただけますか？」

「その前に、一つ確認です。ルスト様はわたくしに話されていないことがありますよね。あの霊廟で何を見つけられました？」

私は当然、聞かれるだろうとは覚悟していた。セイルークの急激な成長。そしてわざわざリリー殿下へと接触し、お話を聞きたいと言っている時点で、リリー殿下からしたら何かがあったと思うのは当然だろう。

私はタウラの託宣と、半透明のプレートのことを除いて話すことを決断する。

リリー殿下は私を取り込みたいと思っているようではあるが、セイルークを成長させるというこちらの行動を阻害するようなことはないだろう。多分だが、積極的に私に嫌われるような行動は取らないんじゃないだろうかと思う。

その分、成長したセイルークの価値が高まるので、アプローチが一層激しくなる恐れはある。

「やはり！　あの霊廟にはあったのですね」

「リリー殿下はあの黒い立方体が何かご存じなのですか」

「王家に伝わる伝承で、『ボックス』と呼ばれているものに間違いないと思います。『ボックス』の中には『ポイント』があるとも」

そのリリー殿下の言葉に、私の肩の上で寝ているはずのセイルークがピクッと動くのを感じた。

「『ボックス』に、『ポイント』ですか……」

私は、リリー殿下から聞いた聞き覚えのない単語に思いを巡らす。

――ポイント、か。てっきり二文字だと思ったんだけどな。セイルークとの契約時に表示されていた読めない文字列が二文字だったから……

「はい。ポイントはｐｔとも言うようです。ただ、王家に伝わっているのは単語だけで、それがどういうものなのかははっきりとはわかりません。どうかされましたか、ルスト様」

「っ！　いえ、何でもないです。リリー殿下、大変参考になりました」

どうやら驚きが顔に出てしまっていたようだ。しかし、やはりあれは『ポイント』だったのかと今の話で確信する。

「それでしたらよいのですが。そして、『ボックス』の場所についてですが、辺境の地、今ではルスト様たちが開拓しているアドミラル領に一つあるはずです」

「……それは、遺跡でしょうか」

私がとっさに思い浮かんだのは、ハルハマーが勝手に滞在していた地下の遺跡だった。アドミラル領の領都候補のすぐそばの。

「すみませんが、具体的なことはわからないのです」

「いえ、そちらも大変参考になりました」

「ルスト様は今のお話だけで、心当たりがあるのですね。さすが、ドラゴンの契約者です。すぐに向かわれるのですか」

「騎士カリーンの心づもり次第ですが、そうなるかと思います」

私は王都でやり残したことがないか、考えながら答える。そもそも、延び延びになっていたアドミラル領の領都の開発に着手する良い機会かもしれない。

「それでしたら、ぜひ、わたくしも同行させていただけませんでしょうか」

両手の指を合わせて首を傾《かし》げるリリー殿下の、爆弾発言。

その場の緊張が、一気に高まる。

「恐れながら、発言をよろしいでしょうか」

そんな緊迫した空気に、タウラが切り込む。

「もちろんですよ。何でしょう？」

リリー殿下は自らが緊迫させた空気を気にもせず気軽に許可する。

「王族の方が、辺境の地へ赴かれるのは危険すぎるかと……」

私はよくぞ言ってくれたと、タウラの勇気を称賛する。いいぞ、もっと言ってやれ。

「魔族を倒した当代きっての英雄にして、ドラゴンの契約者たるルスト様なら、同行する者が一人増えようが何ら問題ありませんよね？」

こちらを見つめてくるリリー殿下。自らの剣の腕を誇示してこないところが、あざとい。そして一人でついてくるつもりなのかと頭が痛くなる。

ここは困ったときのカリーン様頼みでいくことにする。

「私は騎士カリーンに仕える者。その領土たるアドミラル領への王族の方のお運びについては、この場で私からはお返事ができません」

「──ふぅ。わかりましたわ」

何がわかったのか、にっこりと微笑むリリー殿下。

それはそれは、とても嫌な予感がする、笑顔だった。

そしてその意味深な笑顔のまま、口を開くリリー殿下。

「そうですわ、ルスト様。かささぎの巣にいた鳩《はと》ですが、追いたてられるように東方へ飛び立ったようですよ。追いたてたのは、よほど怖い番犬みたいですね」

なぜかそこでタウラを見るリリー殿下。話の内容はいまいち理解できないが、どうやら口を挟んだタウラに当てつけを言っていることだけは雰囲気から伝わってくる。

ガタッと立ち上がりかけるタウラ。

「タウラさん、ダメです。落ち着いてください」

シェルルールがなぜかそんなタウラへと手を伸ばす。

――いつの間に仲良くなったんだろ、あの二人。そういえばここへ来る道中、二人で何か話してたみたいだけど。それにしてもリリー殿下の言ったかささぎに鳩ってなんだ？

私はなんとなく聞き覚えのあるそのフレーズを思い出そうと努める。

――どこかで……。ああ、なんだ仮面の夜会のときの。うん？　てことは――。

私がタウラの方を見ると、必死に訴えかけるような瞳で見つめられていた。

「え、ええと。リリー殿下。鳩の新しい巣はおわかりなんでしょうか」

私は、多分鳩が呪術師のことを指していて、タウラが自分で質問できないから代わりに聞いてほしいと目で訴えているると推測する。

「残念ながら詳しくは。どうもなかなかに速い翼を持った鳩のようで。ただ、東には鳩が巣作りしやすい古き遺跡の類《たぐ》いがたくさんあるとか」

私は再びタウラの方をちらりと窺う。

先ほどまでの切羽詰まったような瞳が、いまは感謝の色を浮かべているように見えた。

そんな私たちの様子を、にこやかな笑顔を浮かべてリリー殿下が見ていた。

私はヒポポに乗ったまま、見よう見まねで両手を組み、祈りを捧《ささ》げていた。祈りの対象は、前を行くカリーン、だ。

◆◆◆◆

リリー殿下との庭園での会談を終えてから数日後。バタバタと準備に追われる日々を乗り越え、私たちは王都を離れ、アドミラル領へと帰還していた。

そして、なんとリリー殿下のアドミラル領への同行をお断りすることに、成功していた。

まさに奇跡。

カリーン様々である。

私はそのことで、何度目かわからない祈りをカリーンに捧げているところだった。

カリーン曰《いわ》く、王都で方々に作りに作った貸しが、相当役に立ったらしい。貸しを使って伝手《つて》をたどり、最終的にはリリー殿下の乳母に当たる人物経由で辺境行きをいさめてもらったらしい。

それを聞いて、カリーンの持つ政治力を大いに見直した。本当に、持つべきものは素敵な上司様、である。

いよいよアドミラル領へ出発というときに、リリー殿下の同行がないことが確定した瞬間のカリーンが、まさにその頼れる素敵な上司様だった。

いつものひょうひょうとした感じで、「私が好きにやっていいって言ったからな。その分のフォローをしただけさ。それも元々はルストの功績で作った貸しを使っただけだし。大したことじゃない。なにより、十分面白かったからな」とおっしゃられたカリーン。

最後の一言さえなければ完璧なのにと思った件に関しては、その場にいたアーリやロアも同意してくれた。

そんなこんなで、仲間内だけの気楽な道中を私は満喫していた。

襲ってくる辺境在住のモンスターですら懐かしい。

それらを、アーリとロア、そしてヒポポの事前のお知らせを聞いてからのんびりと迎撃の準備をして、気負うことなくさくさくと対処していく。

もちろん、錬成用の素材は剥《は》ぎ取り、残った肉はリットナーへのお土産だ。王都で結んだ取引で見込める利益が相当あるらしく、カゲロ機関への予算も上乗せしてくれるらしい。

ちまちま魔物の肉を買い取ってもらっていたのが遠い昔のようだ。

そんな帰りの道中、モンスターを狩っていないときはもっぱら今後の予定についての相談をしていた。

カリーンの方針としては、ハーバフルトンに一度帰り、新たな領都の開拓のための部隊——開拓隊——を編成するつもりのようだ。

ちょうど今もその話をしているところだった。

カリーンが、後ろを振り返る。

「ルスト、まだそれをやっているのか」

祈る姿の私を見て呆れ顔だ。

「感謝の気持ちの表明は大切だろう、カリーン様・」

「それじゃあ、感謝ついでに仕事を頼む。開拓隊を受け入れるための、遺跡に先行する先行部隊の指揮をルストがやってくれ」

「謹んで承りましょう」

それぐらいお安いご用と、私は安請け合いをする。ヒポポの上でお辞儀の真似事をして応えておいた。

第六話

新都

懐かしのハーバフルトンに戻った私は、先行部隊の出発を控え、準備に追われていた。

久しぶりのハーバフルトンはさらに発展していたが、忙しすぎてゆっくりと見て回る時間もとれず、そこだけは残念だった。

カリーンが、視察と称してハーバフルトン内をふらふらしている姿だけは見かけた。こういうところの要領の良さは、本当に羨《うらや》ましい限りだ。

しかし、そんな準備に忙しいなかで見た限りでも、リハルザムが倒されたことで国内の物流が回復の兆しを見せ、人と物の流れが戻ってきたことがよくわかる。

ハーバフルトンの提供する魔素の豊富な肉やカゲロ機関でも生産を開始した魔晶石を求めて、国内各地から人が訪れているようだ。

カゲロ機関を任せていたハルハマーと、不在の間の情報共有および先行部隊へカゲロ機関から誰を出向させるか話し合うなかで、そんな話を聞いているところだ。

アドミラル領への入植希望者も増え続けているらしい。王都からの流出は減ったようだが、代わりに魔族殺しの英雄を二名も有する領、ということで人気なんだとか。

ハルハマーが誇らしげに言うので、なんだか気恥ずかしい。

それにしても成長したセイルークの姿を見たときのハルハマーの興奮具合は相当なものだった。

「ハルハマー師も、本当に先行部隊に参加して大丈夫ですか？」

私は何度目かの質問を再び訊《たず》ねてしまう。ハルハマーと二人して錬成作業をしながら。

「もちろんだとも。こんなこともあろうかと、わしがいなくてもカゲロ機関がうまく回るように、ちゃんとコトを仕込んでおいたわ。誰かさんが規格外の発明をしたりしない限りはうまく回るだろうて」

笑いながらそんな意味ありげなことを言うハルハマー。

どうも誰かさんというのは私のことらしい。新機軸の錬成やら魔導具を発明したことがないとは言えないので、思わず苦笑いしてしまう。

「でも、それなりに貢献はしてますでしょう？　その誰かさんも」

「それなり、どころではないな。その誰かさんのおかげで、錬金術の歴史は何十年も進んだと思っているよ。しかしな、周りで振り回される方はそれなり以上の実力がないとついていけん。そういう意味ではシェルルールは優秀じゃな。逆にコトは、錬金術もそこそこだが管理能力の方が見込みがあるの」

降参とばかりに私は音をあげる。

「わかりました、わかりました」

「うむ。よろしい。それに遺跡に行くならわしの案内が必要じゃろ。内部に一番詳しいのはわしだしの。それを使う場所はわからんのだろ？」

そう言って、私の持つ鍵の魔晶石を指差すハルハマー。

「しかし、よくリリー殿下から二つ目も貰《もら》えたの。王家にある鍵の魔晶石はそれっきりなんだろ」

「ええ、なんとか。かなり高くつきましたが……」

私はリリー殿下がアドミラル領へついてくるのを阻止したあと、鍵の魔晶石を手に入れるためのやり取りを思い出して、げんなりした気分になる。自然と口も重くなるというものだ。

「がははっ。モテる男はつらいの」

「そんなんじゃありませんよ……。ドラゴンの契約者を王家に取り込みたいってだけです」

「それがモテておるってことだ。しかしセイルークが成長したか。その場面を、わしもぜひとも見てみたいものだ」

そのときのハルハマーは研究者の顔をしていた。

ハルハマーに、カゲロ機関の管理に人材の育成にとお願いしてばかりの私としては、そんな表情を見てしまうと、労をねぎらうためにも、連れていかざるを得ない気持ちになってしまう。

「さて、こちらは終わったぞ。そっちを手伝おう。しかし、相変わらずよくこんなものを思いつくな」

「ええ、先行部隊で使うと便利かなって思いまして。それじゃあそちらを頼みます」

そうして、着々と準備をしながら、夜が更けていった。

◆◆◆◆◆◆◆

「ルスト師、いま、少しよろしいですか？」

一時休憩のさなか、アーリが話しかけてくる。その背後にはロアの姿も見える。

私たちは先行部隊とともにハーバフルトンを出発し、目的地たる遺跡までちょうど半分ぐらいの位置にいた。

「ああ」

私は返事をすると、途中まで食べていた、いつもの携行食を口の中に押し込む。

アーリが呆《あき》れたようにこちらを見ている気がする。その後ろにいるロアは、じっと私の口元を見つめているようだ。

私は急ぎ口を動かしながら、ごそごそと鞄《かばん》を漁《あさ》ると二人に無言で携行食を差し出してみる。

アーリには手を振って断られたが、ロアの方は二本ともさっと受け取る。

「――ロア」

アーリの視線が、ロアへとそれる。そっぽを向いて、背中に両手をまわして携行食を隠すロア。

私はこの隙《すき》にと、口の中のものを全て飲み込むと、アーリに訊ねる。

「それで、何かあった？」

「――はぁ。はい、ロアが気になるものを見つけたと」

「そうなの？」

私は立ち上がりながら、ロアの方を見る。

口をもぐもぐさせながら頷《うなず》くロア。私とアーリが話している一瞬の隙に口に突っ込んだようだ。

「ん、んー」

不明瞭な音を出しながら、ロアは片手である方向を指し示す。口からはみ出た携行食が、その動きでぴくぴく上下する。

「了解。見に行ってみますか」

私とロアを交互に見るアーリの視線が、なんとも冷たい。

私は首をすくめながら、近くにいたハルハマーと、先行部隊に同伴していたシェルルールに、少しここから離れることを告げる。

それに対してニヤッと笑って私とアーリたちの方を見たハルハマー。ゆっくりどうぞとばかりに手を振ってくる。

私も乱暴に手を振り返すとアーリたちのところへ戻る。そして足早にロアの指し示す方へと向かって歩きだした。

そうしてそこから移動すること少し。ロアが立ち止まる。

「ここ」

岩影に隠れるようにして、それはあった。

「――これは、タウラの言っていた新種か！」

私は《純化》処理済みの採集用手袋をはめると、いそいそと近づく。

「これは……。アーリ、ロア、二人は少し離れたまま待っててくれるか？」

私はバラバラになった新種と思われるモンスターの体の一部を観察しながら告げる。

「わかりました。ロア」

「ん」

「ありがとう。《展開》《転写》」

私はスクロールに目を通していく。

——あっ、これはもしや。

私はすぐさま、がさごそとリュックサックを漁る。

「……何かわかりましたか」

「アーリ。うん、これは見た方が早いかも。ゆっくりと来てもらえる？　あ、そこら辺は踏まないように気をつけて」

私が指し示した黒くなった地面を避けるようにして、アーリとロアが慎重に近づいてくる。

「それは？」

「ロア、知ってる」

私の手元を覗《のぞ》き込む二人。だが、反応はまちまちだ。

「ロアは一緒にいたからね」

なぜかそこでぷくっと頬《ほお》を膨らませるアーリ。

私は自然とロアと目線が合う。ロアからの無言の圧。

しかしその意図がうまく汲《く》み取れない。

私は仕方なく、そのまま説明を続けることにする。

「これは、呪いに侵食されたローズの蔓《つる》をもとに作った魔導具で、呪いに反応するんだ」

手の中の羅針盤をゆっくりと動かしながら特にアーリに向かって説明をする。

「ほら、羅針盤の針。見えるかな？」

「あっ。動きましたね。モンスターの死骸と、その黒くなった地面、両方に反応しているのでしょうか」

「うん、そうみたいだね。それでね、ちょっと待ってね」

私はスクロールと、採取用の小型ナイフを取り出す。

「《展開》《純化》。で、ここをこうすると――」

《純化》したナイフの刃で、そっとモンスターの内臓らしき真っ黒な物体の端を切り取る。

アーリが、興味深そうに私の手元を覗き込んでいる。

ぽとりと落下する、真っ黒な内臓の欠片《かけら》。

その塊が地面についた瞬間だった。シューと塊が溶けると、いくつもの黒い紐《ひも》のような形になり、そのまま音を立てて消えていく。僅《わず》かに発生する黒いもや。それもすぐになくなり、あとには地面に黒い跡だけが残されていた。

「あっ！」

アーリの驚きの声。

そして、先ほどからのロアの無言の圧も、いつの間にか消えていた。

「ね。面白いでしょ。多分結合して存在していた呪いが、切り離すことで解けてるんだと思うな。この素材、何かに使えそうでしょ？」

「……危なくないのですか？」

「それに、時間」

私が、わくわくと素材採取を始めようとしたところで、冷静さを取り戻したアーリとロアから注意が入る。

「――細心の注意を払いながら、急ぎます」

顔を見合わせ、二人して頷くアーリとロア。

「わかりました。でも、時間になったら引きずってでも戻りますからね」

こちらに向き直ってそう告げるアーリは、満面の笑みを浮かべていた。

◆◆◆◆

先行部隊を連れて、新たなる領都候補地たる遺跡に到着する。

前に訪れた際に拠点として使っていた建物が見えてきたので、中を覗いてみる。

「そのまま、使えそうだな。荒らされた形跡もない」

前に簡単に修理した壁の穴のあとをぺたぺたと触って確かめる。

「当然だ。ここら一帯はわしが張り直した結界に守られとるからな。モンスターは入ってこんよ」

両手を腰に当ててハルハマーが胸を張る。

「そう。そういえば聞いていませんでしたけど、こんなに広範囲なモンスター避《よ》けの結界、どうやって維持しているのですか？」

私は前から気にはなっていたが、結局聞きそびれていた疑問を今更ながらに訊ねる。

「実は、わしは途切れていた地上部分の魔素のパスを繋《つな》いだだけ。地下遺跡の奥に原初の時代の何かがあるはずなんだが、そこまで探索できておらんのだ」

がはは と大笑いするハルハマー。

照れ隠しの大笑いなのだろう。

しかし、私も同じ錬金術師として言わせてもらえば、原初魔法の時代の魔素のパスを繋ぐというのは、そこらの錬金術師には到底不可能な最高難度の錬金術だ。

例えて言うなら、大昔のページの欠けた本を翻訳して違和感なく読めるようにするぐらいの難度の高さだろう。

感心しながら見ていると、早速ハルハマーが先行部隊に参加しているシェルルールたち、他のカゲロ機関の錬金術師に指示出しを始める。

「ルスト師も。例のやつ、どかんと頼むぞ」

「そうですね。さっさとやりますか。このあと、地下遺跡の探索が控えてますしね。中心はここで？」

私は建物から出ながらハルハマーに答える。

「うむ。地形的にも問題なかろう。少々ずれたところであとから移動もできるんじゃろ？」

「そこは自由度高めにしてますよ」

「ルスト師、準備が整いました」

私がハルハマーと話している間にシェルルールが戻ってくる。

「ありがとう、シェルルール。相変わらず手際がいいね。素晴らしい」

「そんなっ！」

なぜか、うつむくシェルルール。

ほんのり耳が赤くなっている。

私はリュックサックを下ろすと、そこからハルハマーとともに、この日のために作成したものを両手でゆっくりと取り出す。それは、一抱えほどもある大きさのもの。ずっしりとした重みが伝わってくる。

「みな！　見ものだぞっ」

あおるようにそんなことを言い出すハルハマー。その言葉につられるように、作業をしていた先行部隊の面々がわらわらと集まってくる。

——そんなに面白いことではないと思うんだけど。でも、この方が注意喚起しやすいか。

「皆さん、足元に注意して。あと、何かに掴《つか》まって」

私は集まってきた面々にそう伝えると、両手で持った巨大なもの——『たけのこ』を、ゆっくりと地面へと置いた。

「『起きて』イブ」

地面に置いた『たけのこ』型の錬成獣に、私はあらかじめ設定していたキーワードを語りかける。

ハルハマーのせいで集まった視線がこちらを注視するなか、訪れる静寂。

何も起きない時間が流れる。

戸惑いの空気が漂いはじめた、そのときだった。

イブと私が名前をつけた『たけのこ』から、まるで手足のようなものが生えてくる。

生えた手足を大きく広げ、うーん、とまるで寝起きのように伸びをするイブ。

立ち上がったイブは、私の背を優に超えて、見上げるばかりの高さだ。

両腕をぶんぶんと左右に振り、まるで体操のような動きをしたかと思うと、ゆっくりとイブが歩きだす。

私とハルハマーは視線を交わし、ゆっくりとイブのあとを追う。

周りで唖然《あぜん》としてイブの威容を見つめる他の先行部隊の人々も、私たちにつられるようにして、ふらふらとついてくる。

「ふんっ。少しは慣れている奴らでもこの有り様だ。ルストについていくのが大変だっていう、わしの言い分の正しさが証明されたな」

がははと笑いながらそんなことを言うハルハマー。私は苦笑いを返す。

そうしてイブが歩くことしばし。生えた両手でぺたぺたと地面を触っている。そのまま辺りを見回すような仕草。

何か満足したのか、足を折り曲げその場にペタンと座り込むイブ。どうやら土の地面の日当たり等を確認していたのだろう。

お気に入りの場所だとばかりにくつろいだ雰囲気が漂ってくる。

そして、それが始まった。

たけのこだったイブが、一気にその体を成長させていく。

元々が通常のたけのこの何十倍もの大きさだったイブが、巨大な竹へと成長していく。

高さだけではない。その太さも通常の竹を明らかに逸脱し、肥大成長を続けていく。

人が何人も手を繋がなければ届かないぐらいの太さ。樹木でいえば幹にあたる、その竹稈《ちくかん》が地面に接する部分に、扉が形成される。

窓のような開口部もポコポコと開いていく。

イブは、巨大な竹で出来た塔となった。

「皆、掴まって！」

私はイブだった塔の竹の壁に手をつきながら皆に呼びかける。すぐさまハルハマーが壁に手をかける。

「お前ら、早くしろ！」

ハルハマーの怒鳴り声に、皆が急いで動きだす。

イブの急成長だけでは終わらないのだ。イブから伸びた地下茎が、遺跡の下の地面を縦横無尽に這《は》っていく。

そして、塔と化したイブの周辺に、竹が次々と生えていく。

その速度に、その頻度に、地面が鳴動する。

地面を割って無数に突き出してくる竹。

それぞれが、巨大な竹へと成長し、そしてその壁にはやはり扉と窓が作られていく。

こうして、遺跡の跡地には、あっという間に即席の竹製の都市が完成した。

「ふあぁ！　すごい、大きくて立派です――これ、もうこのまま、開拓も都市の建築作業も、要らなくないですか。ルスト師！」

シェルルールがイブの竹の壁を手ですりすりとしながら、興奮気味に感嘆のため息をつく。

「ペンデュラムを使いながら、地面をよく見てごらん。シェルルール」

私は地面に走る魔素のラインを示しながら伝える。カゲロ機関の面々には魔素の見方のコツを簡単に伝えてあった。

自分のペンデュラムを取り出し、目を凝らして地面をじっくりと観察しているシェルルール。

シェルルールのペンデュラムは、鎖の先端にモンスターの骨を削り出して形成された四角錐《しかくすい》がついている。その四角錐は、格子のように中空で、そのモンスターの魔石が中に入れ込まれている逸品だ。

「すごい、根が魔素のラインに絡み付いているんですか？　もしかして、魔素を直接取り込んでいる――」

「正解！　さすがシェルルール。ちゃんと修練を続けているみたいだね。素晴らしい」

私は彼女の努力を手放しで褒め称《たた》える。初めてカゲロ機関に来たときの彼女は、他の見習い同様、魔素の見方を全くわかっていなかったのだ。それがこの短期間で、魔素を見ることに関してはマスターランクに準じるぐらいまでには成長している。

「っ！　あ、ありがとぅ、ございますぅ」

なぜかうつむいてしまうシェルルール。その様子を微笑《ほほえ》ましく見ながら、私は解説を続ける。

「イブはシェルルールが見た通り、モンスター避けの結界の魔素のラインに沿って根を張ってあるんだ。魔素のラインから魔素を少しずつ借りているわけ。これだけの規模を維持するには錬成獣単体じゃ、到底無理だからね」

「なるほどです。なら、それこそずっとこのままでも――」

私は首を振る。

「それでも足りないのさ。多分もって半年ぐらいだね。それにモンスター避けの結界が少し弱まるデメリットもあるから。だから、こうする」

私はイブへと右手を触れ、再びキーワードを伝える。

「イブ、『眠れ』」

イブの動きがゆっくりになる。先ほどまで続いていた都市全体の成長が止まる。

「これでもう少しもつはずだ。その間に、開拓し、しっかりとした都市を建築していくって感じだね。それに、竹の家は煮炊きには向かないからね」

私は最後に軽い冗談めかしてシェルルールに伝える。しかしシェルルールから笑い声が上がることはなく、キラキラとした瞳でこちらを見ているばかり。

「おーい、ルスト！　こっちは終わったぞ。そっちはまだか？　地下遺跡、行くぞ」

ハルハマーが近づきながら声をかけてくる。私がシェルルールと話している間に他のメンバーへの仕事の差配を済ませてくれたようだ。

「こっちも、終わりました。シェルルール、ここでイブの状態確認をお願いね」

「わかりました！　外部要因の加わった状態の錬成獣の暴走に関するお話は、ばっちり履修しています。お任せください！　ルスト師が創られた錬成獣が万が一にも暴走するようなことはないとは思いますが」

頼もしいシェルルールにその場を任せ、私は歩きだしたハルハマーのあとを追っていった。

幕間　side タウラ

「ここは、一体なんなんだ？」

タウラの声が、がらんとした室内に響く。タウラはいま、リリー殿下の助言をもとに呪術師を追っていた。そうして訪れたのは、ルストたちの住まうカルザート王国の東の国境付近。

そこに無数に存在する、古い遺跡の一つだった。ここにたどり着くまでに、すでにいくつもの遺跡を訪れていたタウラ。

「――もしかしてついに、見つけたのか？」

度重なる空振りを経て、期待半分、慎重さ半分の彼女の目の前に広がる光景。

それは彼女の育ったアレイスラ教会の聖堂を思い起こさせる、設《しつら》えがされた空間だった。

しかし、細部が異なっている。それも、悪い方向で。

「いたましい……な……」

アレイスラ教会の聖堂であれば女神アレイスラの神像が置かれているはずの場所。そこには、白骨が置かれていた。

それも、何かのオブジェのように組み上げられている。大量の白骨は、幾人もの人間の亡骸《なきがら》だろう。

あまりにも無造作だ。そこには悪意すらなく、ただの物体として扱われていたことが伝わってくる。

「生きている人の気配も、生き物の気配もない、か」

剣を構え、慎重にそちらへと近づいていくタウラ。

「ここはすでに廃棄された施設、のようだな。ん？　ここに、何かある」

白骨のオブジェの根元部分。タウラは、周囲への警戒を維持したまま屈《かが》み込むと、剣先でそっとそれをつつく。

「何かの卵の殻？　まるで、ここで何かが生まれたようだ……。ルストなら、これを見ただけで、たちどころに全て、推察してしまうんだろうな」

殻を眺めながら、眉を寄せるタウラ。

「持ち帰って……いや、いかんな。ルストに頼りすぎだ。ただでさえ負担をかけているというのに。それに呪術師に関わるものなら、何か罠《わな》がある可能性も――」

まるでそのタウラの呟《つぶや》きがきっかけとなったかのように、白骨のオブジェが急にカタカタと揺れはじめる。

次の瞬間。屈み込んだタウラへと、太く長い白骨が振り下ろされたように落ちてくる。タウラは横へと転がるようにそれを避《よ》ける。

石の床に打ちつけられた白骨。

タウラの代わりに、そこにあった卵の殻とおぼしきものが粉々になり、振り下ろされた風圧で吹き散ってしまう。

「やはり、かっ！　くっ。手がかりかと期待させて、それを粉砕か。この意地の悪さは間違いなく呪術師のやり口だ！」

タウラの視線の先で、石の床へと振り下ろされた長い一本の骨が、宙を舞う。人の大腿骨《だいたいこつ》のようだ。

「骨製のリビングソードといったところか？　これまた悪趣味な」

宙を舞い、横方向に回転しながらタウラへと迫る大腿骨。

タウラはそれを剣の腹でいなすようにして、弾《はじ》き返す。

くるくると回転しながらブーメランのように再びタウラへと大腿骨が迫る。

「ふっ。見切った」

一歩、そしてもう一歩。大腿骨に向かって踏み出すタウラ。大腿骨の横回転のタイミングが、ずれる。

タウラの剣の間合いでちょうど、回転途中の大腿骨が真横を向いた形になった瞬間。

一閃《いっせん》。

目にも止まらぬ剣速で振り抜かれたタウラの剣が大腿骨の芯をとらえ、綺麗《きれい》に真っ二つにする。

しかしそこでタウラの剣は終わらない。

アレイスラ教会の神官騎士として三本の指に入る実力者の本領発揮とばかりに、宙に浮いたままの大腿骨を細切れに刻んでいく。

無数の剣閃《けんせん》の、そのうちの一つがついに大腿骨に施された呪術の要《かなめ》を断ち切ったのだろう。

大腿骨は、黒く変色すると、ボロボロと粉となって崩れていく。

「――また、探し直しか」

剣を鞘《さや》に納めつつ呟くタウラ。息一つ乱れていない。

しかし手がかりもなく、どことなく意気消沈した様子。

いつもよりうつむき気味だ。

そのうつむいたタウラの視線の先で、何かが動く。

「むっ」

納めたばかりの腰の剣に手を伸ばすタウラ。

「床に落ちた大腿骨だった黒い粉が、動いている？」

粉に直接触れないように、そっと剣先ですくい取るタウラ。

それを少し離れたところで再び床へと落とす。すると、粉の一部が、まるで磁石に近づく砂鉄のような動きを見せる。

「粉で、床に線が出来ている……この線、先ほどの卵の殻の場所から延びて……」

タウラは、触れないように気をつけながらも、床に散った粉を一心に集めはじめる。

新たな手がかりを見つけたタウラの瞳に宿る光。それは、めらめらと燃え立つ炎のような熱っぽさをたたえていた。

第七話　痕跡と謎

元気に仕事を引き受けてくれたシェルルールを残し、私はハルハマーとともに地下遺跡へと向かうメンバーと合流していた。

再び訪れた地下遺跡は、変わらない様子だった。

今回の地下遺跡探索のため、先行部隊に参加していたロアとアーリ、そして肩に止まったセイルークが一緒だ。先頭は当然ハルハマー。

地上の入り口からはしごを下り、しばらく進むとハルハマーが生活し、研究していたスペースに行き当たる。そこは、男の独り暮らしで好き勝手に研究に没頭していたらこうなるだろうなという乱雑さ。

部屋の隅には大量の保存食が積み上げられている。

ここら辺は、前回はセイルークを助けるために行きそびれてしまった場所だ。この惨状を見ると、それは特に残念なことでもないが。

「暇を見つけては、生活用品はかなりハーバフルトンに運んで、片付けてしまったからな。残念ながらもてなしはできん」

がははと笑いながら、そんなことを言うハルハマー。

ロアがぼそりと呟《つぶや》く。

「信じられない汚さ。これで片付けた？」

「嬢ちゃんは相変わらず辛辣《しんらつ》だ」

ロアの辛口にもなぜか機嫌良さげなハルハマー。アーリの方がおろおろしている。

「放っておいて大丈夫さ。それよりもアーリもロアも二人ともカリーンのそばを離れて大丈夫？王都での襲撃も未解決だろ」

私は歩きながらアーリに話しかける。先日の襲撃、十中八九は呪術師が絡んでいるとは思う。しかし、手練《てだ》れの人間を実際に手配したのは呪術師とは別の存在の可能性もある。

呪術師が直接的に仕掛けてくるなら、使い魔を使いそうなものだ。

「カリーン様にはしばらくはハーバフルトンで大人しくしていてもらうようにお願いしてあります。ハーバフルトン内でしたら警備も厚めですので」

アーリとそんなことを話しているうちに、ハルハマーが立ち止まる。

そこは、通路の行き止まりであった。そしてその正面の壁は霊廟《れいびょう》の壁と似た材質でできているように見える。

「ここじゃや。ルストから聞いた話から考えると、ここが一番怪しい場所だ」

ハルハマーが壁を指差す。

私はリリー殿下から譲り受けた鍵の魔晶石を取り出すと、ゆっくりとその行き止まりの壁へ近づいていった。

「転移するかもしれない。皆、ダメもとで私に掴《つか》まって」

私はハルハマーたちにそう伝える。

原初魔法の転移式が不明の現状では、どこまでが転移対象とされるかは全くの未知数だ。

体に掴まるぐらいでうまく一緒に転移されるとは限らないが、なにもしないよりはましだろう。

皆が私の肩と腕に掴まったのを確認すると、私は取り出した鍵の魔晶石を壁へとかざした。

目の前の壁に鍵の魔晶石を近づけると、壁に魔法陣が浮かび上がる。

「おお！」

「一発で正解を引いたなっ」

私の肩や腕に掴まっている皆から感嘆の声が上がる。

霊廟の壁のものと同様に、くるくると壁の上で回りはじめる魔法陣。それが崩れ、魔素の光がやはり文字となって壁の表面に現れる。

霊廟のときはリリー殿下からの求婚の衝撃もあってしっかりと見ていなかった文字。

今回現れた文字もやはり、『管理者権限を確認』と書かれている。

しかし、僅《わず》かな違和感。

「あ、『バックドア』の文字がないんだ――」

私は書かれた文字のうち、読み取れる部分に素早く目を通す。そして、違和感の正体に気がつく。

しかし、『バックドア』というものが何かは相変わらず、わからないままだった。それでも、何かが変更になっている可能性が高いと、皆へと警告しようとする。

しかし、私が口を開くよりも早く、壁から溢《あふ》れ出す魔素の光。

それは私の体を通して皆へと広がり、そのまま全員の体を包み込んでいってしまう。

次の瞬間、世界がパッと切り替わる。

私たちを取り囲んでいた地下遺跡の壁が完全に消失していた。

「え、転移しました？　外？」

私の肩に掴まったままのアーリの呟き。先ほどまで感じなかった日の光が私たちに降り注ぎ、風が吹き抜ける。

私の後ろには、ロアにハルハマーもいる。私の腕を掴んで一緒に転移してきたようだ。

しかし、アーリが掴んでいるのと逆の肩が不思議と軽い。

「セイルーク、いない」

ロアが私の空いた肩を見て、ぼそりと呟いた。

「セイルークだけ取り残されたのか？　それとも別の場所へ？」

私は呟きながら急いで辺りを見回す。

辺りはひらけていて、少し離れた場所には無数の建物が見える。

石とも金属ともわからない不思議な質感の朽ちた建物群。

どれもなかなかの大きさがある。

足元も不思議だ。石というには柔らかく、僅かに弾力を感じる。

そのどれもが霊廟のときの転移先の小部屋とは全く別物で、戸惑ってしまう。

何よりも、戻るための壁がどこにあるのかがわからない。

「なんだか不思議な場所ですね。今のところ争いの兆候はなさそうです」

同じように辺りを見回しながらアーリが教えてくれる。

「ありがとう、アーリ」

見れば見るほど不思議な場所だ。見たこともないものが溢れている。弾力のある床には不思議な紋様《もんよう》がそこかしこに描かれ、あちらこちらに金属製と思われる棒状のものが突き出ている。

その床の紋様を眺めているときだった。私はふと、ここまで来る道中に見かけた変異したモンスターのことを思い出す。

その紋様のどこがそう連想させたのかは判然としないままに、私は念のため「呪い感知の羅針盤」を取り出す。

「——反応してる」

「何か言いましたか、ルスト師」

アーリが私の独り言を拾ってくれる。

「いや、ごめん。——これなんだけど」

「それは！　ということは、呪術師がここにもっ!?」

「いや、まだわからないけど。可能性はあるかな」

私とアーリが話しているところに、ハルハマーもやってくる。

「なんだなんだ。それは新作の魔導具か？　面白そうなものを持ってるじゃないか、ルスト」

「魔導具だなんて、大層なものじゃないですよ。ハルハマー師。ただ、呪いに反応する羅針盤です」

「なん、だと！　それはすごい。一般的に錬金術と呪術は相性が悪くて、しかもほとんど素材になりそうなものが手に入らないというに。よく作ったな――」

「ごほん」

アーリの咳払《せきばら》い。

「あー。それで、その羅針盤が反応しとるわけか」

「そうなんです。ここは念のため調査すべきかと」

「そうだの。安全の確認も重要な仕事じゃ」

「アーリとロアも、いいかな」

「うん」

「はい。見に行かなかったことで後々、禍根となるのは避けるべきと私も思います。いまのところは何も見えません。ただ、気をつけて行きましょう」

羅針盤が指し示す方向へ、警戒しながら進む。

「どうやらこちらのようだ」

近くの建物の裏を指差した私は、角を曲がろうとしてロアに制止される。

「先、うまく見通せない。ちょっと待って」

ロアの魔眼が妨害されているようだ。私は大人しく従う。

ロアが建物の角からそっと槍《やり》先を差し出し、先を穂先に反射させて確認している。

「何か、ある。よくわからない」

「代わるわ、ロア」

「はい、アーリ姉様《ねえさま》」

「……直接の危険は見られません。ただ、私にも何か不明です。気をつけて」

「りょーかい」

私はそっと建物の角から踏み出す。

――羅針盤の示す先は、どうやらあれか。

建物の壁に備え付けられた何かの装置のようだ。呪術とおぼしき黒いもやがその上方に広がり、壁が覆われている。さらにそのもやの先に何かが見える。

私はゆっくりと近づきながらそれを眺める。

――なんだろう、あれは？　転移装置の一種か？　その先に見えているものは、モンスター、か？

そのときだった。私の肩が、ぐっと引っ張られる。

「ルスト師、敵です！」

直前まで私が立っていた場所を何かが通り過ぎる。

石だ。拳大ぐらいのそれが高速で飛んできて、目の前の装置に直撃する。

「ああ！」

もやの発生が止まってしまった装置を見て思わず声を上げてしまう。

その間に、ロアが投石をしてきた敵へと駆け寄り、槍を突き出し仕留めていた。

ロアに貫かれた敵は二足歩行で見た目は子供ぐらいの背丈。手には投石器らしき道具。顔は作り物の猫のようだった。

「まだ来ます！　警戒を！」

次に現れたのは二匹。ひょこひょこと体を左右に揺らしながら近づいてくる。

その二匹は手ぶらだ。とりあえず武器を持っているのは最初の個体だけだったようだ。

警戒しながら、手早く、意見交換をする。

「あれはなんだろう。猫をモチーフにした小型ゴーレム？」

「動きが滑らかだ。ゴーレムというよりはぬいぐるみに近そうだぞ。猫人形ってとこか？」

私の意見にハルハマーが返す。確かに質感はふわふわしていそうだ。

「気をつけて。透視があまりうまくできない。危険」

ロアが槍を振り、貫いた猫人形を抜き飛ばして警告を発する。ロアの槍から離れて地面に落ちた猫人形がぽんっと音を立てて煙となって消える。

「消えた？」

私は、その不思議な現象に思わず声を上げる。

「ルスト師、来ますっ！」

アーリがロアと同じように槍を構える。ひょこひょこと揺れていた猫人形たちがぴたりと体の揺れを止める。

次の瞬間、大きく跳びはね、こちらへと迫る猫人形。くわっと開かれた口の中には鋭い牙が四本、前に突き出すように広がる。

このままだとアーリとロアへとその牙が刺さる軌道。

しかし、二人とも冷静に手にした槍を振るう。

一閃《いっせん》。

二人の槍先がそれぞれ猫人形をとらえ、真っ二つに両断する。

私のところからちらりと見えた猫人形に残る斬り口から見て、やはり非生物のようだ。

しかしはっきりと確認をすることができなかった。猫人形の残骸が地面へと落ちた瞬間、それらもぽんっと音を立て、煙へと変わってしまう。

私はしゃがみ込み、両断された残骸があったはずの場所を探る。

猫人形の一切の残骸が消えていた。

しかし代わりに、私は落ちているものを見つける。

親指の爪くらいの大きさの、薄くて円いもの。金色に輝くそれを私は拾う。

「金貨、かな？見たことのないデザインだ」

「ルスト師、また来る！」

ロアの警告に私は急ぎ立ち上がると、振り返った。

◆◆◆◆

「これで、最後っと」

《研磨》のスクロールの竜巻で、バラバラになった猫人形が煙になり、代わりに現れた金貨がぴょんと竜巻から飛び出す。

ちょうど目の前に落ちてきたそれを片手で掴む。

私たちは、あのあと次々と現れた猫人形たちをようやく倒し終えたところだった。

地面のそこかしこに、キラキラとした金貨が散乱している。散乱具合で、かなりの数がいたのがわかる。結構な時間がかかってしまった。

なぜかヒポポやローズたちをスクロールから呼び出せなかったのだ。

「ルスト師、どうするのこれ？」

ロアが足元の金貨を拾いながら聞いてくる。

「見たことのない金貨ですね。通貨としては使えないと思います。それに金貨としても質が悪いかもしれません」

「確かに。大きさの割に軽いね」

アーリの指摘に私は頷《うなず》きながら答える。

「わしは持っていった方がいいと思うぞ。ここはいわゆる、ダンジョンってやつだ」

「ダンジョンというとあれですか？　原初の時代には無数にあったという――」

私は記憶を探りながら訊《たず》ねる。

「そうだ。専用のモンスターが湧き、宝が眠るという、あれだ」

「でも、ここ、外」

ロアの不思議そうな声。

「ああ、見た目は外だが、ずっと行くと見えない壁があるか、元の場所に戻されるはずだ。わしの知っている文献によればだがの」

「そんなダンジョンがあるのですね。だから猫人形たちは、ダンジョンモンスターだから煙になって消えた——？」

アーリがロアの代わりに返事をする。

「つまりこの金貨はドロップ品ってことか。って、ハルハマー師が研究用に欲しいだけですよね？」

私のツッコミに、がははと笑いながら肯定するハルハマー。

私は、まあ仕方ないかと、落ちている金貨をざっと竜巻で集めて一気にリュックサックへとしまっていく。

「研究用にしたいのはもちろんあるが、ダンジョンならドロップ品が何かに使えるって可能性もあるんじゃぞ」

満足そうにその様子を見ていたハルハマーがそんなことを言う。

私は軽く肩をすくめると、当初の目的地にしていた建物へ、足を進めた。

そのときだった。

私の目の前に突然現れる半透明のプレート。

「え、何これ」

「敵!?」

「うぬ？」

アーリたち三人から、驚きの声が上がる。そちらを見ると、皆の目の前にも同じように半透明のプレートが浮かんでいる。しかも、皆、それが見えているようだ。

「何か書かれているぞ。ルストは読めるか？」

私はハルハマーに言われ、自分の目の前のプレートに視線を戻す。そこには、私の目には二重写しになって、文字が書かれていた。

「ええ。タイムアップ、と」

私がそう伝えたときだった。視界が切り替わる。

一気に暗くなる。

すぐに慣れた目で見回すとそこは地下遺跡の中、私が鍵の魔晶石をかざした壁の前だった。

「きゅーっ！」

どんっという衝撃。頭の上が一気に重くなる。

「セイルーク！　無事だったかっ！　よかった。……そこは重いからどいてくれ」

背後から私の頭へとダイブしてきたセイルークをよいしょっと抱き下ろす。

両手で抱きかかえたセイルークを囲むようにして、皆が無事を喜んでいる。

「きゅっきゅっきゅー！」

契約の絆を通じて、セイルークの感情が伝わってくる。どうやら心配したのはこっちだと言いたいらしい。

「セイルークからしたら私たちが急に消えたように見えたのかな。ごめんごめん、心配かけたね、って痛い痛い」

なだめるように声をかける私の足にベシベシとセイルークの尻尾が当たる。

自然と皆から上がる笑い声が明るい。

私もつられて思わず笑ってしまった。

「あ、ない」

「ルスト、もしかして？」

「ええ。先ほどの金貨がなくなってますね。全部」

リュックサックの中を確認していた私が、ハルハマーに伝えると、ひどく残念そうな顔をする。

「ダンジョンの中から持ち出せないみたいですね」

「鍵の魔晶石は無事か？」

私は言われて鍵の魔晶石を取り出してみるが、そちらは問題なさそうだ。しっかり形を保っている。

念のため、《転写》のスクロールで情報を読み取るが、変化は見られない。

「大丈夫ですね。でも一体どういうことなんですかね。タイムアップと出たプレート自体は皆、見えたんだよね」

私がアーリとロアに訊ねる。

「見えた」

「見えましたね。あれがいつもおっしゃっていた半透明のプレートなんですね。不思議なものですね」

ロアとアーリが口々に答えてくれる。

「ふむ。セイルークが入れない。そして倒すと消えるモンスターと、現れる金貨。錬成獣のスクロールから《顕現》ができない。時間制限、プレートの表示、持ち出せない金貨、か」

私は今回ダンジョンへと入ってみて、わかったことを並べてみる。

「とりあえず、制限時間内にやるべきことを特定したいのう。あの転移した先にボックスがあるのか。もしくは次へ進む何かがあるのかもしれん」

私の呟きに対してハルハマーが告げる。

「そうですね。……もしくは金貨、か」

「どういうことですか？」

アーリの不思議そうな顔。

「いや、金貨を持ち出せないってことは制限時間内に必要枚数の金貨を集めるのかもって思って」

私はふと思ったことを伝える。

「なるほど、それはあるかもしれんの」

ハルハマーの感心した顔。

「どちらにしても要検証、ですね。ただ集めればいいってわけでもないでしょうし。どちらにしても一度、先行部隊の本部へ戻りましょうか。そちらの進捗《しんちょく》も確認しないと」

そう皆に告げると、私たちは地下遺跡を出ることにした。

◆◆◆

私たちが不在にしていた僅かな間に、シェルルールたちの奮闘で本部がかなり様変わりしていた。

まず、先行部隊の本部として、イブのたけのこから最初に生えた竹の塔の一室を使うことになっていた。

それから、先行部隊に参加しているカゲロ機関の錬金術師たちが手分けして運んだ備品が設置されている。それらは収納拡張済みのリュックサックやカバンに入れられ運ばれてきたものだ。

小型の通信装置も部屋の中央に置かれている。どうやらセッティング中のようだ。

「シェルルールさん、同期完了しました。――来ました！　ハーバフルトンからです」

「やりましたね！　ありがとう」

錬金術師の一人がシェルルールに報告している。

「お疲れさま。無事に繋《つな》がったみたいだね。皆もご苦労さま」

私は部屋の中にいたカゲロ機関のメンバーたちに声をかける。

「っ！　ルスト師、おかえりなさいませ。こちらの進捗は予定通りです。そちらはいかがでしたか？」

「予定通りか、それは素晴らしいね。こちらは少し難航しているよ」

私がシェルルールと話していると、再び通信装置が稼働する。

装置に生えた蔓《つる》が握るペンが、カリカリと羊皮紙に文章をつづる。

ペンの動きが止まり、くるくると巻かれて排出される羊皮紙。それを取り上げたシェルルールが渡してくる。

「カリーン様からです」

「皆、作業の手を止めてくれ。カリーン様からだ。先行部隊の働きへの称賛と更なる献身を期待している、とのことだ。予定通り、開拓部隊も出発するらしい」

私はそこで一度、本部の中にいる皆の顔を見回す。皆がこちらを見ている。

「開拓部隊の面々が来たら驚かしてやろうじゃないか。せっかく来たのに、もう開拓の仕事がないじゃないかっ、てな」

私が冗談めかしてそう伝えると、皆からも明るい笑い声が上がった。

◆◆◆◆

先行部隊の働きで、都市開発の準備は着々と進んでいた。

特にモンスター避《よ》けの結界のおかげで、対モンスター用の防御設備の設営を後回しにして、生活環境関連の設備の設営から始められたことが大きい。

辺境の開拓には、通常であれば周辺地域に生息するモンスターの調査や対策がつきものなのだ。ハーバフルトンの前身の野営地も、対モンスター用に費やす労力、コストは大きかったはず。

そして何より、今回はシェルルールの頑張りが素晴らしい。

ハルハマーの評価では、コトの方が組織管理に長《た》けていて、シェルルールは錬金術師としての才能を買われていた。

ただ、今回の先行部隊での働きを見ているとその評価は改めた方がよさそうだ。

シェルルールは、確かに少し抜けているところはあるが、周りから慕われフォローされるタイプのようだ。

今も本部で、シェルルールは皆に囲まれて、キャッキャと楽しげに話をしている。

先行部隊にはシェルルール以外にもカゲロ機関所属の女性の錬金術師が多数参加しており、有益だったり効率が上がるようなアイデアを、いくつも提案してくれている。

私はカリーンへ決裁を求める書類を作りつつ、聞くとはなしにその様子を聞いている。

どうやら何か話がまとまったらしい。こちらへと来るシェルルール。私は羊皮紙への書き込みを中断すると、話を聞く姿勢をとる。

「ルスト師、今よろしいですか。こちらの地区へ先行して水回りの配管を敷設する件なのですが――」

手渡された書類に目を通しながら話を聞く。

「なるほど。でもシェルルール、当初の予定だと上水道の敷設は開拓部隊の方で統一規格で行うはずだったと思うけど」

「はい。本格的な敷設はそうなのですが、イブの竹管を使わせていただければと思いまして。竹管を、ここからここへ通していただくと――」

地図を指差し説明を続けるシェルルール。

「――面白いな。これなら確かに敷設も撤去も容易いな。それに水の確保にかける労力の大幅な削減になる、か。イブも節を抜いた竹管をこの規模なら延長できる」

私はイブの余力をもとに軽く計算してみる。

「ありがとうございます。いまの人数であれば、設置済みの、ルスト師特製のパラライズクラウド型の水調達でも、水はまかなえているのですが……」

「今後の開拓の途中で、今の供給量だと本格的に上水道が敷設される前にそこがボトルネックになる、か」

渡された書類、二枚目に目を通しながら答える。

「はい。モンスター避けの結界を最大限活かすのであれば簡易的にでも敷設してしまうのがいいかと思います。撤去もローコストです」

「わかった、進めてくれ。素晴らしいアイデアだね、シェルルール」

「っ！　ありがとうございますぅ。でもボクの案はどれもこれも、ルスト師の錬金術があればこそです。早速、下準備に取りかかりますっ」

顔を赤くして、そのまま嬉《うれ》しそうに本部をぱたぱたと小走りに出ていくシェルルール。素直に喜びが溢れているのが見てとれる。

私はカリーンから裁可を貰《もら》う追加の書類がいるなと心の中にメモしておく。

「書類を通信装置で送ったら、一度イブを起こさないとな。――ダンジョン探索は明日に延期だな」

私は呟くと、先ほどの決裁書類の続きを書くのに、ペンを動かしはじめた。

◆◆◆◆

「全然足りない、ルスト師」

「そうだね。半分も入ってないか。これは根本的に集め方を変えないといけないな」

今日は私とロアの二人で地下遺跡の奥のダンジョンに来ていた。

開拓部隊の到着が間近に迫り、準備で忙しいなかでなんとか作った時間。しかしアーリもハルハマーも予定が合わず、ロアと二人でのダンジョンアタックとなった。

そしてこれは本日七回目のダンジョンアタックとなる。

六回のタイムアップの間に、色々と進展もあった。

そのうちの一つ、そして最たるものが、いま私たち二人の目の前にある箱だ。ダンジョン内の建物を探索中に見つけた。とはいっても部屋の真ん中、祭壇のような一段高くなっている場所にどんっと置かれているのだ。部屋に入ってすぐに目につく。明らかに見つけてくれと言わんばかりの置かれ方だ。

その箱をロアが、不思議そうに槍先でツンツンとつついている。

何で出来ているのか不明なのだが、ものすごく薄い素材なのに、ロアの槍で全く傷がつく様子もない。そして、祭壇から持ち上げようとしても動かない。

その箱の中に、私たちが集めた金貨を入れたところだ。

そして箱の蓋《ふた》の裏には、半透明のプレートに表示されるのと同じ原初文字が書かれている。

「『宝箱を満たせ。さすれば道は開かれん』か」

私は何度も読んだその文字を再び呟いてしまう。宝箱というのは多分、この目の前の箱のことだろう。ただ、ペラペラの板で出来ていて、見た目がかなり貧相、まるで子供が適当に板を張り合わせただけにも見える。

それなのにあり得ないぐらいの頑丈さ。思わずロアが槍でつつき回してみたくなるのもわかる。

「ロア、槍でつつくのはそれぐらいにしときなよ」

「うん。ルスト師、そろそろ時間」

ロアのその声とともに七回目のタイムアップの表示が現れる。

ロアはすっかり体感でタイムアップが来るタイミングを覚えてしまったらしい。意外な才能だ。

私たちは地下遺跡に転送される。

「お腹空《す》いた」

お腹を片手で押さえてロアが告げる。キュルキュルと可愛らしい音が聞こえてくる。

「そうだね、今日はダンジョンアタックはこれぐらいにしておこうか。ダンジョンに付き合ってくれたお礼に、夕食、ごちそうするよ」

私は腕によりをかけて、新作メニューでもてなそうと意気込み、ロアを誘ってみる。

「いい。ルスト師のご飯、美味《おい》しくない。姉様と食べる」

意気込みが無駄に終わった私は肩をすくめると、地下遺跡を出たところでロアと別れる。

せっかく疲労回復効果の高いポーションをアレンジした新作メニューを開発したのだが、仕方ない。

味見がてら、本部にいるカゲロ機関の面々への差し入れにするかと決めると、私は自室に使っている竹の部屋へと向かった。

◆◆◆

「こ、これは素晴らしい！」

「ちゃんと美味しい、だと!?」

「まさに食べるポーション。みるみる疲労が消えていく。それにお腹も膨れるなんて」

「画期的すぎます。さすがルスト師。目のつけどころが違いますね」

ロアにふられた後に立ち寄った本部で、私は新作のメニューをカゲロ機関の面々に振る舞っていた。

夕食には少し早い時間だが、もうすぐ定時だしお腹が空いている頃合いだったのだろう。なかなか好評のようだ。多分。

ガヤガヤと賑《にぎ》やかに私の提供した新作メニューを食べてくれている。

「ふー。ルスト師、美味しかったです。この浮かんでいるプルプルもちもちしたのは、何で出来ているのですか」

一気に飲み干したシェルルールが手にしたカップを握りしめて訊ねてくる。

私はおかわりをカップに注いであげながら答える。

「これはメインの材料は、ビッグビーツというモンスターの豆の粉を加工したものでね。高い魔素はもちろん高タンパクで栄養価が高いんだ。それに植物系モンスターから採れる食材もブレンドして、もちもち感を出してみた。食感も、なかなかだろう？」

「はい、こんなの初めてですぅ」

嬉しそうにおかわりに口をつけるシェルルール。手にしたスプーンであっという間にカップに浮かんでいるものを食べると、粘性高めのポーション飲料を再び飲み干してしまった。

そしてまだ物欲しそうに上目遣いでこちらを見てくるシェルルール。

私は苦笑いしつつ再びその手のカップにおかわりを注ぐ。

「カロリーも高めだから、これぐらいで終わりにしといた方がいいよ？」

「はいです！」

元気よくお返事してくるシェルルール。最後だからか、ちびちびと大事そうに飲みはじめる。

他にも飲み足りなそうな機関員らにおかわりを注ぐと、用意した分はあっという間になくなってしまった。

私は皆が飲み終わるまでの間に、不在中の進捗を確認しておく。

どうやら開拓の準備は相変わらず順調なようだ。

私の裁可を求める書類数枚に、さらさらとサインをし、魔素で簡易的な刻印をする。

「ルスト師、ダンジョンはいかがでしたか？」

「うーん。進展はあったんだけど、難航しててね──」

私は今日一日のダンジョンアタックの様子をシェルルールに伝える。

定時を過ぎて人も疎《まば》らになった本部で、ふむふむと頷きながら話を聞くシェルルール。

「ルスト師！　ぜひ次はボクもダンジョンに連れてってください！」

話を聞き終わると突然そんなことを言いはじめるシェルルール。

「いや、日程が合えば、構わないけど……」

「やった！　ありがとうございます！　ちょっと試してみたいことがあるんですー」

嬉しそうにそんなことを言うシェルルール。その様子から、どうやら何か思いついたことがあるようだった。

◆◆◆◆

「なるほど、逆転の発想だ。よく思いついたね、シェルルール」

「えへへ。ボクでもルスト師のお役に立てて嬉しいです！　うまくいくか、実は自信がなかったのでほっとしました」

「確かにこれは効率的ですね。……少し可哀想《かわいそう》ですけど」

私とシェルルール、そして今日はアーリの三人がダンジョンアタックに参加していた。

私がシェルルールを褒め、シェルルールはほっとした表情で照れている。アーリは少し複雑な顔だ。

私たちの目の前には金貨がふちまで詰まった宝箱がある。

シェルルールの案というのはとてもシンプルなものだった。

まず、猫人形の頭を片手で鷲掴《わしづか》みにしたアーリ。そのまま、宝箱の上で猫人形の首を斬る。

落下する猫人形の胴体。

箱に触れた瞬間、煙と化し、金貨が現れる。

そして私がアーリの手に残った猫人形の頭にポーションを数滴垂らす。

むくむくと猫人形の胴体が生えてくる。

以下、その繰り返しであっという間に金貨が貯《た》まってしまった。

「まさかこんなやり方があったなんてな」

「多分ですけれど、正規の方法は別にあるかもです。この猫人形以外の強めの敵とかが別の場所にいて、大量の金貨をドロップする、とか」

「確かにその可能性もあるけど、結局見つけられなかったからね。シェルルールのお手柄だ」

「ありがとうございます。ルスト師が、切り離された猫人形の体が地面に落ちたタイミングで煙に変わったって聞いたときにピンときたんです。ダメージを負った状態でダンジョンに触れるのが条件なんじゃないかなって」

「なるほどね。この猫人形自体じゃなく、ダンジョンからの作用で煙の発生、猫人形の残骸の消去、金貨の発生が起きてると推測したのか。それにしてもポーションが作用するってことは――」

二人で今回のことを検証する私たちを、冷めた目で見つめるアーリ。

「――お二人とも、早くしないとタイムアップになりますよ」

あまりに見かねたのか、声をかけてくるアーリに、私とシェルルールは肩を丸めて謝る。

「ごめんごめん。さあ、それじゃあ宝箱の蓋を閉じてみますか。何が起きるか、楽しみだね」

私はそう言うと、金貨の詰まった宝箱の蓋に手をかけた。

宝箱の蓋を閉じた瞬間、箱が光を放つ。

ふわりと浮かび上がる宝箱。

あんなにしっかり地面にくっついていたのが嘘《うそ》のようだ。

真っ黒に染まり縮んでいく宝箱。それはどこかで見たことのある形へと変化していく。

そう、前に霊廟で見た真っ黒な立方体――ボックスへと変化していた。

「これがもしかしてボックス、ですか？」

アーリが少し離れてボックスを見つめている。眉を寄せた表情から、少し警戒しているのがわかって、微笑《ほほえ》ましい。

「ああ。ボックスだ。アーリもシェルルールもありがとう。二人のおかげで三つ目も無事に手に入れられたよ」

私は二人にお礼を伝え、ボックスへと手を伸ばす。前回同様、私の目の前に半透明のプレートが現れ、ボックスからプレートへと『ポイント』が流れ込んでくる。

書き換わるプレートの文字。それがちょうど止まったタイミングで、タイムアップの表示が現れた。

◆◆◆

地下遺跡を出て、地上へのはしごを登りきった私の元に、セイルークが飛んでくる。

ぼふっと私の顔面に着地したセイルークが早速『ポイント』を頂戴と催促しているのが伝わってくる。

「セイルーク、わかったから落ち着いて！　はしごから落ちるって」

はしごの下から見上げてくるアーリたちの視線が痛い。

なんとかはしごから落ちるのを免れ、顔面に張り付いたままのセイルークをひっぺがすと、また噛《か》まれるのは勘弁と、いつものナイフの準備を始める。

その間に、私の後からはしごを登りきったアーリとシェルルール。シェルルールは何が行われるのか興味深そうに私の準備する姿を見ている。

ナイフとポーションの準備を終えた私はアーリたちに離れるようにお願いすると、早速、そのナイフで自身の左腕を切り裂く。

待ちかねたとばかりに、振り切ったナイフの刃先から飛んだ私の血のしずくを、伸ばした舌でぺろっと空中で受け止めるセイルーク。

「キュ――――ッ！」

現れる二枚の半透明のプレート。いつものように操作をする。

並んで立っているアーリがシェルルールに説明している。首を動かし目を必死に凝らしている様子のシェルルール。その様子に同じ研究を志すものとして私が共感を覚えている間に、セイルークへのポイントの付与が完了する。

さすがに慣れてきた私は傷跡にポーションを振りかけながらセイルークの様子を窺《うかが》う。

セイルークを包んでいた『ポイント』の光が収まる。

「……でっか！」

今回のセイルークの変化として、翼の枚数は増えてはいない。そのかわり、一回りどころではなく、セイルークの体が大きくなっていた。それは、人間を一人乗せて、飛べるんじゃないかと思えるぐらいの大きさだった。

「ぎゅるるー」

セイルークは体が大きくなっただけではなく、声まで低くなったようだ。鳴き声が野太くなっていた。

◆◆◆

セイルークに『ポイント』を渡したあと、私たちは歩いて本部へと向かっていた。

その横を並んで歩くセイルーク。

私はそっちを見上げながら呟く。

「これ、どう見ても部屋に入らないよな。どうしよう、専用の建物、作るか……」

「ルスト師、やりすぎはダメですよ」

私の呟きにアーリの突っ込みが入る。

そうしているうちに本部が見えてくる。

なんだか騒がしい。

「ルスト師、開拓部隊が到着したみたいですっ！」

シェルルールの弾んだ声。

見ると確かに見知った顔が増えている。

「あれ、カリーンじゃないか。来るはずじゃなかったよな。また面白がって飛び入りで参加したのか……」

開拓部隊の中にカリーンがいるのが見える。

こちらに気がついた様子のカリーン。

巨大化したセイルークを見て驚いている。

私たちはカリーンの方へと歩いていく。

「カリーン様？　開拓部隊には参加しない予定でしたよね？」

私の声に、ぽりぽりとほほをかき、気まずい表情をするカリーン。

「いや、まあ、ちょっとな……」

珍しく歯切れが悪い。いつもなら開き直ってガハガハ笑うはず。そのカリーンの様子に嫌な予感がする。

そのときだった。開拓部隊の人混みのなかから飛び出してくる人影。

「ルスト様！　お会いしたかったです！　まあ、ドラゴン殿も立派になられて。すでに例のものは手にしたのですね。さすが、救国の英雄ですね」

――げっ！　なんでここにリリー殿下が！　というか近いって！

私がじりじりと下がりながらカリーンの方を睨《にら》むと、片手を顔の前に上げてすまなそうにウィンクした。口がパクパク動いている。

口の形から判断すると、「だめだった」と言っているようだ。

――いやいや、ダメだったじゃないから！　頼りになる上司様だと感謝した私の気持ちを返してほしいわっ！

私は内心カリーンに突っ込みながらひきつった笑顔でリリー殿下に返事をする。

「これはこれは、リリー殿下。こんな未開の地にようこそいらっしゃいました。こんなところでは何ですから、室内へご案内します。ただ、急なお越しでなにぶんお泊まりいただく場所の準備が……」

「ルスト様の部屋でもよろしくてよ」

「……ははっ。ご冗談にしてもあまりよろしくありませんよ。すぐに準備しますので、私はこれで一度失礼します！」

——いやいや、本当に冗談じゃないから。未婚の王族の女性を、たとえ開拓地とはいえ部屋にあげるなんて、良くてスキャンダル。最悪、命のやり取りだろ、それ。

私は冷や汗を拭《ぬぐ》いながら、その場を急いで離れ、イブの元へと向かった。

第八話　空へ

私は本部のある建物の奥、イブの本体が眠る場所へと向かう。

途中、カゲロ機関の面々に出会う度に、地下遺跡を攻略したことを祝われる。どうやら外にいる大きくなったセイルークがよく目立つようだ。言われてみれば本部の窓からも、セイルークの姿が見える。

——セイルーク、皆に囲まれて嬉《うれ》しそうだ。

バサッと、セイルークが大きくなった翼を広げる度に歓声が上がっている。

——今のうちにやること済ませておくか。

私はイブの本体が眠る部屋の前へと来ると、入り口の斥力場《せきりょくば》を解除する。錬金術協会で設置していたものの簡易版だ。イブ自体にも自衛能力があるので、セキュリティとしてはあまりレベルを高く設定していない。

部屋に入る。

部屋の中央は、露出した地面になっている。そこにどんっと鎮座する、『たけのこ』型錬成獣。巨大化し、その身を都市へと変貌させたイブ。それらは全て、地下茎で繋《つな》がっている。

この本部の奥深くに設置した部屋で、その地下茎の芽子《がし》から生えている『たけのこ』が、都市全体を統括するイブの本体となっていた。

そのイブの周りには、結界の魔素を都市維持のために変換するのを補佐する魔導具を等間隔に設置している。

私はその隙間《すきま》をぬってイブの本体に近づくと、起動のフレーズを告げる。

「『起きて』イブ」

イブから手足が生えてくる。

よっこいしょっとその身を地面から引き抜くと、手足をぷらぷらさせるイブ。

まるで寝すぎて痺《しび》れたーとでも言っているようだ。

そのイブの背中からは、太い地下茎が地面の下へと伸びている。まるで巨大な尻尾か、パイプのようだ。

そのパイプを行き来する大量の魔素が錬金術師としての私の目には見える。

ようやく体操じみた動きを終えたイブに私は建物の増設をお願いする。

一つは当然、大きくなってしまったセイルーク用。そしてもう一つは不本意ながらリリー殿下のための建物だ。

特にリリー殿下のための建物は王族が宿泊する場所となる。掘っ立て小屋というわけにはいかない。

「見た目だけでも、できるだけ豪勢にお願い。まあ、リリー殿下が帰ったら迎賓館にでもすればいいよね。——リリー殿下、帰るよな？」

自分で言ってて一抹の不安を感じる。

そんな私の不安顔をよそに、しゅぴっと両手を上げるイブ。

その動きに合わせ、地面が鳴動する。それは外に、新たな竹の建物が生え出てくることによる振動。

両手を掲げていたイブが手をくるくる回して、次にクロスする。

大地の鳴動が止まる。

こてっと、たけのこの先を傾《かし》げるイブ。

「ありがとう、もう大丈夫。イブ、『眠れ』」

ばいばーいとでも言うように手を振って、穴へと戻っていくイブ。生えていた手足が引っ込む。

「はあ、戻るか」

私はため息を一つ。気合いを入れ直すと、外へと向かった。

イブの本体が眠る部屋を出て、本部の部屋を通ると、シェルルールが私のことを待っていた。

「ルスト師！　リリー殿下の件ですが、現在ハルハマー師が応対しておりますー。本部の隣に応接用の部屋を準備できました。今しがた、新しく生えてきた竹の建物に宿泊用の家具を用意しますか？」

「さすが、シェルルール。仕事が早くて助かるよ。ダンジョンあがりで疲れているところ申し訳ないね。というか、家具足りてないよね？」

私はシェルルールの有能ぶりに感謝しながら答える。

「カゲロ機関のメンバーから、余った家具を供出させてますー。先行部隊に選ばれたときに皆さん、収納拡張したリュックサックをルスト師から貰《もら》っていたので、何人かは家具を余分に持ってきていたんです。すごい拡張率だと、収納するのが楽しくなって調子に乗っていたメンバーがいたみたいです――」

私はそういえば、出発前に配ったなと思い出す。自分でいま使っているリュックサックを作る前の練習で作って、余っていたものを配っただけなのだが――。

そんなに喜ばれていたかと思うと逆に心苦しい。

「そ、そうか。それは何が幸いするかわからないな。家具を提供してくれたメンバーの名前とおおよその家具の値段を控えておいてもらえるかな。あとで補償するから」

「皆さん、ルスト師の先見の明《めい》を褒め称《たた》えてましたー。このために収納拡張済みのリュックサックを配られていたのだと」

私は苦笑いでそれに応えると、あとはシェルルールに任せ、その場をあとにした。

◆◆◆

「ルスト様！　すごい地響きでした。あれはルスト様が？」

私は、リリー殿下の応対をハルハマーと交代する。本当はこのままお任せしてしまいたいところだったが、そうもいかない。

普段なら、こういうときにここぞとばかり、からかってくるハルハマーですら、こちらへ同情の視線を向けている。

「はい、リリー殿下。殿下用に新しく建物を生えさせました。いま、中を整えているところです。それまでよければ本部の隣にお部屋を用意したので――」

「まあ、ありがとうございます。でもわたくし、それよりもドラゴン殿に乗って飛んでみたいですわ」

何を言い出すんだこいつはっ、と思わずリリー殿下の顔をじっと見てしまう。周囲の皆もぎょっとした表情をしている。

セイルークだけが涼しげな顔だ。絆を通して、いいよー大丈夫だよーという意思が伝わってくる。

「危険すぎます、殿下」

さすがに見かねたカリーンが止めてくれる。

いいぞカリーン。もっと言ってやれ！　と最大限の応援を無言で視線にのせて送る。

「あら。伝承ではドラゴンの契約者は姫を乗せて共に空を飛んでいますよ」

しれっとした顔でそうカリーンに返したリリー殿下が、セイルークに近づくように踏み出す。ちょうどセイルークとリリー殿下の間に立っていた私の横を通り過ぎざまに、ささやくリリー殿下。

「空の上でなら、次の『ポイント』の――」

そのささやき声は、ちょうど私にだけ聞こえるような大きさだった。

そのままスタスタとセイルークに近づくリリー殿下。優しい手つきで、セイルークの前足を撫《な》ではじめる。

――リリー殿下も意地が悪い。今のささやき、次のポイントの場所を知りたかったら、一緒にセイルークに乗りましょうと皆の前で誘えってことだよな。

私はため息を圧《お》し殺す。

仕方ないかと覚悟を決めると、リリー殿下に近づきながら口を開いた。

「リリー殿下、王家の忠実なる僕《しもべ》たるアドミラル家が家臣ルストが、御身《おんみ》を空の旅へとお誘い申し上げます」

スタスタと近づき、片膝をついて右手をリリー殿下へと差し出す。

——どうせ誘わざるを得ないなら、せめてカリーンを認めさせてやる。リリー殿下が私のこの手を取ったら、カリーン＝アドミラルは王家公認の忠臣ってことになるはず。

「っ！」

カリーンの、息を呑《の》む音が聞こえてくる。しかしカリーンもさすが貴族、ここで口を出してはこない。

リリー殿下の供の騎士たちも無言だ。

高まる緊張のなか、にこりと微笑《ほほえ》むリリー殿下が私の手を取る。

「お誘いありがとう。さあ、我が身を、空へ」

私は、自らの手のひらにリリー殿下の左手をのせたまま立ち上がる。そしてふと困る。

——どうやってセイルークに乗るか、考えていなかった……。

ポケットと袖に忍ばせたスクロールを使えばなんとかなるけど、それはさすがにまずいかと思いとどまる。王族を蔓《つる》で巻き付けて持ち上げるなんて、許されないよな……

絵面《えづら》を想像してふるふると頭を振っていると、セイルークから絆を通してイメージが送られてくる。どうやらおすすめの乗り方があるようだ。

私はそのイメージに従い、リリー殿下の手を引いてセイルークの後ろ足側へと近づいていく。

ペタンと後ろ足を折り曲げ、座るセイルーク。その尻尾の先がくるくると丸まると、ちょうど人が乗れるぐらいの足場になる。

ありがたく、その尻尾で出来た足場にリリー殿下と乗る。ぐっと体が持ち上げられる感覚。

リリー殿下は歓声を上げている。どうやら単純に高いところが好きなようだ。

リリー殿下が愛用している騎獣を思い出して一人納得していると、セイルークの背中、二対の翼の間へと近づく。

まだ動いている足場からひょいっとセイルークの背中へ跳び移るリリー殿下。

セイルークの背中、平らな部分は人の足裏の幅一つ分程度しかないようだ。

そこに片足でうまくバランスをとったまま、くるりとこちらを向くリリー殿下。

「ルスト様もお早くっ！」

声が弾んでいる。私はしっかり動きが止まるのを待って、慎重に乗り移る。

座れる場所は二対の翼の間だけのようだ。前に横座りで座ったリリー殿下の、不本意ながらすぐ後ろに座る。

セイルークから、掴《つか》まるようにイメージが送られてくる。ちょうどコブのような突起があるので腕を伸ばす。

伸ばした私の二の腕に、ぽんっとリリー殿下が頭を預けてくる。花の香りが鼻先をくすぐる。周囲はなぜか皆、無言だ。ただただ、刺さるような視線だけが注がれてくる。

「準備はよろしくてよ」

「……はい。セイルーク」

私の声に応えるように大きく翼を羽ばたきはじめるセイルーク。

私たちを乗せ、その身は空へと舞い上がった。

向かい風が目に痛い。低い位置にある雲が横を流れていくのが見える。

「さて、リリー殿下。飛びましたよ。これで誰の耳もありません。そろそろ教えていただけますか」

楽しそうに歓声を上げて下を見ているリリー殿下に声をかける。

私はまっすぐ前を見つめたままだ。

断じて高いところが怖いわけではない。

前方不注意は良くないと、注意を払っているだけだ。

「上、です」

下を覗《のぞ》き込んでいた姿勢を戻すと、再び私の右腕に頭を預けてくるリリー殿下。人差し指を立て、にこやかに笑いながらリリー殿下はそう告げる。

「上？　雲、ですか」

「そうです。あの雲。あの上にはドラゴンたちの墓があるそうです。墓雲《はかぐも》と呼ばれるその領域には、墓守たるアンデッドドラゴンがいると。それこそが、次なる『ポイント』を持つもの、です」

つられて見上げた上空には、積乱雲が浮かんでいる。

確かになかなか見ないぐらい立派な大きさだが、私には所詮《しょせん》ただの雲にしか見えない。

「ただの雲にしか見えません」

「いまこのとき、この場所の真上。あそこに見えていることが、何よりの証拠ですよ。いまを逃せばもう見つけるのは困難になると思いますよ」

「……リリー殿下、貴方《あなた》は一体何をどこまでご存じなのですか」

「タウラ殿と仲の良いルスト様ならご存じでしょう、アレイスラ教に存在する予言のことを」

微笑むリリー殿下。

「託宣のことですか？　このことが、予言されていたと？」

「タウラ殿は託宣まで行えるのですね。神殿騎士としてだけでなく、神の僕としても優秀なのですか。予言はその託宣の上位互換です。三代前の大教主は、優秀な予言者だったそうです」

私はいま聞かされた情報について思考を巡らす。ポイントがボックス以外のものから手に入ること自体はまあいいだろう。セイルークの最初の契約時のことを考えれば、そのアンデッドドラゴンとやらがポイントを持っていてもおかしくない。

問題は、予言とやらの信憑性《しんぴょうせい》だ。とはいえ予言の詳細を聞いたところで判断の足しにはならないか。

気になるのは、いかにも時間がないとばかりに急《せ》かされていること。こちらの判断力を奪いにきている気がする。

とはいえ、この状況で嘘《うそ》をつくことで、リリー殿下にとって何か得になるかな？

このまま墓雲とリリー殿下が呼ぶ場所へ行って何もなかったとしても大したことはないだろう。

とすると、やはり実際に行って確かめざるを得ないか。

「さあ、どうでしょう。ルスト様。早く決めないと雲が流れていってしまいますよ」

「――わかりました。このまま確かめに向かいましょう。でも、リリー殿下、約束してください。地上に降りるまでは危険なことは避けます。私の指示に従って、危ない真似はしないでください」

「まあ！　それをわたくしに命令できるのは、未来の旦那様だけですわ」

面白がる口調でそんなことを言うリリー殿下。

私はそれには答えず、急上昇して頭上の積乱雲を目指すように絆を通してセイルークに指示を出した。すぐに急上昇をするセイルーク。

「きゃっ」

腕の中でリリー殿下が短く、驚きの悲鳴を上げる。

ほどなくリリー殿下が指差していた積乱雲が間近に迫る。

次の瞬間、視界が白く染まる。

地上で遭遇する霧の何倍もの濃さ。普通の雲よりも明らかに視界が悪い。それなのに、雷の一つも起きていないようだ。

――これは間違いなくただの雲じゃないな。水滴もつかない。

不思議な静寂が支配するその真っ白な空間をぐんぐんとセイルークが上昇していく。

前方が明るい。

そのまま、雲らしきものを抜ける。

眩《まぶ》しい。

セイルークが羽ばたきをゆるめ、ゆっくりと滑空を始める。

明るさに慣れた目で、周囲を見回す。

「ルスト様、あれ……」

眼下の真っ白な雲。その中央を指差すリリー殿下。

何を指差しているのだろうかと目を凝らす。

「あれは、骨？」

同じ白色をしていてわかりにくいが、雲の中央に、無数の骨が山積みになっていた。

それはまるで雲の中に浮かんでいるかのようだ。

滑空をしながら、セイルークがそちらへと近づいていく。

間近に見ると、一つ一つの骨が大きい。明らかに人のサイズではない。

「ドラゴンの骨、か？」

私が呟《つぶや》くと、まるでそれが合図だったかのようにセイルークが骨の山へ着地する。

そのまま沈み込むかと私は一瞬、緊張する。しかし、リリー殿下はキョロキョロと楽しそうだ。

そして、私の予想に反して、セイルークは骨の山に無事、立ち続けていた。

「すごいですね。骨自体が浮いているのかしら」

「ぎゅるる？」

下りる？　と聞いているのが絆を通して伝わってくる。セイルークの尻尾が丸められ足場として近づいてくる。

「下りてもいいのですね。ありがとうございます、ドラゴン殿。お先に失礼しますね」

私が躊躇《ためら》っている間に、体を起こしたリリー殿下は身軽な動きでセイルークの尻尾へと飛び移ると、そのまま尻尾を伝って行ってしまった。

私は慌ててセイルークの作ってくれた尻尾の足場へと移る。ゆっくりと下ろしてくれるセイルーク。その気遣いに感謝をしつつ、間近に迫った骨の地面に片足を伸ばしてみる。

ゆっくりと体重をかけるが、びくともしない。

私は慎重に骨の山に下り立つ。

そこへ駆け寄ってくるリリー殿下。

「ルスト様、ここ、すごいですね。この骨、ものすごく頑丈なのに全く重くありません。やはり全てドラゴンの骨なのですかね」

リリー殿下が足元の骨を持ち上げて話しかけてくる。

私はリリー殿下の勝手な行動を注意しようとして、危うく思いとどまる。

——危ない危ない。注意なんてしたら、旦那面《づら》するなら結婚してからにしろとか、また言い出しかねないからな、このお姫様は。うろちょろするなと言いたいが、ここは、我慢だ。

私が一人葛藤していると、セイルークが再び鳴き声を上げる。

そして絆を通して、始まるよ、と伝わってくる。

私たちの足元の骨が、カタカタと音を立てて動きはじめていた。

カタカタ、カタカタ。

私が足元を見ていると、動きだした骨が一定の方向に向かっているのがわかる。

動きだした骨同士が擦《こす》れ、ぶつかり、音がどんどんと大きくなっていく。

私たちの足を避けるようにして移動していく骨たち。それらは一ヶ所へと集まりはじめると、次々と組み上がっていく。

まるで何かの生き物の標本のようだ。

すぐさま、その全体像が明らかになる。

気がつけば、私たちの目の前には、組み上がった骨で出来たドラゴン——アンデッドドラゴンが立っていた。

「リリー殿下、私の後ろに！」

私はポケットに忍ばせていた数少ないスクロールを構え、リリー殿下を庇《かば》うように移動する。

「ギュルルー」

そこへ響くセイルークの鳴き声。

どうやら、セイルークは目の前のアンデッドドラゴンが敵じゃないと伝えたいようだ。

言われてみれば、確かに敵意は感じられない。しかし、アンデッド系のモンスターは感情を持たないものも多い。

私は警戒を完全には解かずに様子を窺《うかが》うことにする。

スクロールを構えたままの私の目の前で、セイルークが気軽な感じにアンデッドドラゴンへと近づいていく。

鼻先をくっつけ合う、セイルークとアンデッドドラゴン。どうもドラゴン同士の挨拶に見える。

「あら、仲良しさんのようですよ、ルスト様。私もあの骨のドラゴン殿に触らせてもらえないかしら」

リリー殿下が興味津々な様子で近づいていこうとするのを必死に押し止《とど》める。

そうしている間にも、なにやらセイルークがアンデッドドラゴンに語りかけている。頷《うなず》くような仕草をするアンデッドドラゴン。

すると次の瞬間、アンデッドドラゴンの姿がグニグニと変形しはじめる。

骨がまるで溶けたかのように一つにまとまると、どんどんとその固まりが小さくなっていく。輝きはじめる、その固まり。

原初魔法らしき文字と魔法陣がその固まりの周囲を巡ったかと思ったら、一気に光が強くなる。

光が収まると、そこには真っ白な見た目の幼女が佇《たたず》んでいた。白い肌に白い髪。その身にまとう服まで白い。

しかし、よく見るとその幼女は人間ではなさそうだ。頭には一対の角、そして背中には三対の翼が生えているようだ。

短めの翼をぱたぱたと動かしながら、すーっと幼女が私の目の前に、近づいてくる。

「そなたが、血の契約者じゃな。ふむ、うまそうじゃ」

幼女が、なにやら物騒なことを言いはじめた。

あまりの突拍子もないことに、私が警戒すべきか戸惑っていると、さらに幼女が近づいてくる。

セイルークからは目の前の幼女への危機感は相変わらず伝わってこない。

「ふむふむ。なんじゃろなー、この匂い。薬臭いんじゃが、とっても惹《ひ》かれる匂いじゃ。嗅いでると、くらっくらしてくるわい。そなた、これまで何か、大量の薬を飲んできているのー。普通の人間とは思えないぐらい芳醇《ほうじゅん》な匂いじゃ――じゅる」

盛大にこぼれたヨダレを袖で拭く幼女。

「あー。お嬢さんはアンデッドドラゴン、なのかな。私たちはポイントの件で聞きたいことがあって……」

私はジリジリと下がりながらもここへ来た目的も含めて、訊《たず》ねてみる。

「確かに、わしはアンデッドドラゴンちゃんじゃ。気軽にアンちゃんと呼ぶとよいぞ。聞きたいことがあるなら、対価を貰おうかの。なに、ほんの一噛《ひとか》みでよいのじゃ。そなたの肉の端っこを一欠片《ひとかけら》、それでどんな質問にも答えよう」

ジリジリと下がる私に合わせて、ジリジリと近づいてくる幼女。

私はリスクを天秤《てんびん》にかけてみる。目の前の肉食幼女に噛まれても、怪我《けが》だけなら手持ちのポーションで対応は可能。

問題は肉、そして何よりも血を与えることで、原初魔法の何らかの契約が発生する可能性だ。こればかりは詳しくないから推測が立たない。

「……その姿のままで、一噛み、ですよね、アンさん？」

「アンちゃんでよいよい。まだピチッピチの千三歳よ。そしてな、一噛みするのはもちろんこの姿じゃよ。元の姿では、味がわからんしの」

「まあ！　ルスト様、ダメですわっ！　そんなっ、そんなの……ふしだらですわっ」

なぜか止めようとしてくるリリー殿下。しかも、理由が意味不明だ。

これがもし一緒にいたのがカリーンなら、確実に面白がっているところだろう。タウラなら、目的を最優先するはず。合理的だからな彼女は。そして、アーリやロアなら沈黙しているだろう、多分。……いくらロアが食いしん坊だからといってもこの話題にはさすがに食いついてこない、よな。

私が現実逃避気味にそんなことを考えている間にも、肉食幼女がじろじろと私の四肢を眺めてくる。

「どこの肉がよいかのー。どの部位も美味《うま》そうで美味そうで、アンちゃん困っちゃうのー。ぷりっぷりの太もも。とろける舌触りの二の腕。肩ロースも捨てがたいのー」

「部位はこちらで指定させてもらいます」

私は念のため釘《くぎ》を刺しておく。下手な部分を食いちぎられたくない。

「なんじゃー。いけずよの。まあアンちゃんは食わず嫌いはないのでの。どこでもよきよき」

うきうきとした仕草をする肉食幼女。

私はポーションホルダーから一本ポーションを抜くと、ため息を一つつき、袖をまくった左腕を差し出す。

「肘から手首までの間、小指側で」

「よし、契約成立じゃ。やっふー！　いっただっきまーす」

腕の皮膚をハムハムされたあとに、何か食い込んでくる感覚。そのまま、ぶちっと肉を噛みちぎられる。

溢《あふ》れ出す血を執念深く求めてくる肉食幼女を力ずくで引き剥《は》がすと、傷口にポーションをドバドバ振りかける。

金色のポーションの液体が腕から流れ落ちる頃には、傷はすっかり消えていた。

リリー殿下が、わーわー騒いでいるが、無視だ。

私は、例の半透明のプレートが現れないことを確認すると、ほっと安堵《あんど》の息をつく。心配していた事態にはならずに済んだようだ。

改めて引き剥がした肉食幼女の方を向くと、行儀の悪いことに、口の中で肉を堪能しているっぽい。

もぐもぐと口を動かしている肉食幼女を私はじとっとした目で見る。

その私の視線に、何を勘違いしたのか、肉食幼女は口の中のものを飲み込むと、味の感想を言いはじめる。

「まさに至高の味っ、美味美味じゃー！　そなた、素晴らしいの。最高じゃの。また食べたいの」

肉食幼女からの全く嬉しくない褒め言葉をスルーして、私は早速質問を投げかけることにした。

「まったく無粋よのー。そなたも自分の肉の美味《うま》さに、もっと誇りを持てばよいのじゃ。アンちゃんがこれまで食べてきたなかで、最も美味い肉をした生き物なのじゃぞ、そなたは。この肉の味の余韻だけでアンちゃん、あと数百年は存在を保てるわ」

いくら褒めちぎられようが、もう噛まれるのはごめんなので、私は粛々と契約の履行を迫ることにする。

「仕方ないの。約束は約束じゃ。それで最初の質問は、『ポイント』とは何か？　だと！」

なぜかびっくりしたような顔をするアンデッドドラゴン。

「いや、すまんすまん。『ポイント』は『システム』で使う数値で、何かしらの行動をすると貯《た》まっていくし、貯まった『ポイント』で特典と交換できるじゃろ？　うむ。アンちゃんの保有ポイントも、そっちのホワイトドラゴンの成長にも当然使えるぞ」

「え、『システム』？　そなたもそっちのホワイトドラゴンと契約する際にシステムウィンドウを開いたじゃろ？　そうじゃそうじゃ、その半透明のプレートじゃ。え、自力じゃ開けない!?　まじか……。もしかしてお主らって『ＮＰＣ《ノンプレイヤーキャラクター》』の末裔《まつえい》かの？　生まれながらのスキルは全くないのか」

「アンちゃん、バリバリ文系脳なんで、あまり詳しくないのだがのー。一応説明すると『ＮＰＣ』というのはな、『プレーヤー』が――」

ペラペラと半分訳のわからないことを話すアンデッドドラゴンの話を必死に聞いているときだった。

急に、目の前のアンデッドドラゴンの腹部から、巨大な漆黒の矢が飛び出す。

そのままその極太の漆黒の矢が、アンデッドドラゴンを地面に縫い付ける。

「かはっ」

アンデッドドラゴンから漏れる苦痛の吐息。

響き渡るセイルークの怒りの叫び。

リリー殿下が抜剣し、剣先で空を指し示す。

「ルスト様、上空、敵ですっ！」

いつの間にか周囲を覆っていた雲が消えていた。そしてその晴れ渡った空に敵とおぼしき存在の嗤《わら》い声が響く。

「うひゃひゃ〜。勇者様が入ってくれたおかげで、長年探していた墓雲のフィールドに、ようやく入れたぜー。カモフラージュの雲が邪魔だったんだが、ありがとうよ、勇者様〜。ついでに死んでくれるかな〜」

見た目は巨体の蜂と人の混ざりもののような敵。アンデッドドラゴンを貫いているのは、巨大な蜂の針のようだ。

話すうちにも、モゾモゾと新しい針が生えてきているのが見える。

「け、契約者、殿。手を出せ、早くっ！　この針がアンちゃんのポイントを、全て奪う、前にっ！」

臨戦態勢をとっていた私に、アンデッドドラゴンが苦しそうに話しかけてくる。

私は一瞬ためらい、しかしすぐに左手をアンデッドドラゴンに差し出した。

伸ばした私の手をがしっと掴まれる。すごい力だ。幼女の爪が、私の手に食い込む。

にじむ血。

半透明のプレート――アンデッドドラゴンがシステムウィンドウと呼んでいたもの――が私とアンデッドドラゴンの目の前にそれぞれ展開される。

――読める文字が、増えている？

私はシステムウィンドウに表示された文章に目を奪われる。

その間にも、私のシステムウィンドウに表示されたポイントの数値が増えていく。握られた手を通してポイントが流れ込んでくるのだ。

「ルスト様、危ないっ」

リリー殿下の悲鳴。

次の瞬間だった。セイルークが私たちと敵の間に割り込むように飛び込んでくる。

セイルークの目の前に障壁が現れる。それは霊廟《れいびょう》でセイルークが展開したのと同じもの。その翼から大量の魔素が放出され、形作られた障壁。

その障壁に、敵の撃ち出した極太の針が激突する。

金属の擦れるような耳障りな高音。

障壁が歪《ゆが》む。

そして再び、耳障りな高音。

杭《くい》のように太いそれが、いくつもいくつも障壁に向かって撃ち出されてくる。

たわみが、どんどんと大きくなる。このままでは破られてしまう。セイルークの焦りが伝わってくる。

そのときだった。掴まれていた手が離れたかと思うと、目の前の幼女がぐたっと脱力する。まるでもう自身の体重すらも支えられないかのように。腹部を貫き地面に刺さったままの針だけが、幼女を支えている。

離された私の手から白い光が溢れ出す。

どくどくと流れ出した光の奔流が目の前のセイルークの背中へと吸い込まれていく。

輝きだすセイルークの体。

真っ白だったセイルークの鱗《うろこ》が、輝きを増していく。

その輝きに合わせて、障壁が変化していく。

平面だった障壁がセイルーク側を頂点にして円錐形《えんすいけい》になっていく。

セイルークの顎《あぎと》が、大きく開いたかと思うと、その奥に煌々《こうこう》とした輝きが現れる。セイルークから伝わる強い怒り。

「ドラゴンブレス？　まずい、リリー殿下、伏せて！」

私はリリー殿下に駆け寄るとその頭を掴んで地面に押し下げる。

すぐさま私も身を低くする。

刹那《せつな》の静寂。

「ほあっ？　え、たんまたんま――」

針の射出を止めた敵。離脱したいのだろう、背中を見せる。

音を超越した衝撃波がまず周囲を圧する。駆け抜けた衝撃波が、敵を空中で翻弄《ほんろう》する。

次に、セイルークの鱗、一枚一枚に宿った光がその開いた顎《あぎと》の前に集まる。そして光が放たれた。

生み出されたのは、破壊をもたらす光の奔流。それが障壁で形作られた円錐形の中で渦を巻くようにねじ曲げられると、一気に敵へと迫る。

間一髪、敵が渦巻く光の奔流を避けたかに見えた。

そのとき、不思議なことが起きた。

避けたはずの敵が渦に巻き取られるように光へと飲み込まれていったのだ。

まるで光にからめとられたかのように。

光の奔流の中、一瞬ボフッという音とともに白い煙が現れるも、すぐに散ってしまう。

その代わりにキラリと光る丸いものが落下していくのが見えた。

セイルークが大きく羽ばたくと、落下していくものを追って飛び立つ。

あれは、敵の魔石だろう。霊廟のときのことを考えると、何か手がかりになるかもしれない、とセイルークが感じているのが伝わってくる。

私はセイルークを見送り、ゆっくりと体を起こす。

周囲は様変わりしていた。衝撃波のせいか、骨がひどく散乱している。

「あれ、リリー殿下は？」

私が辺りを見回す。

すぐに、それらしきものが。

少し離れたところから、人の腕が突き出していた。突き出たそれが、バタバタと動いている。

「しっかり頭を下げさせたと思ったんだけど、もしかして体を起こして、飛ばされたのかな——？」

私は、首をひねりながらバタバタと動く手に近づく。

見下ろしながら、手がかかる、と内心ため息をつく。そのまま見なかったことにすればいいという強烈な誘惑。しかし、なんとか誘惑を振り切ると、私はバタバタ動く手を掴み、引っ張り上げる。

——お、重い。

リリー殿下の顔が骨から出てくる。

「ぶふっ、はぁはぁ。口の中がジャリジャリします……」

ぺっぺと、細かな骨を吐き出すリリー殿下。上半身が出たところで私は手を離し、あとは周囲の骨を掘るようにして、どかしていく。

自分がしっかり伏せていなかったのが良くなかったと気づいているのか、掘られ待ちのリリー殿下は恥ずかしげだ。顔が赤い。

「あ、ありがとうございます、ルスト様。敵はどうなりました？」

「セイルークが無事に倒しましたよ。魔石が出たので紋様《もんよう》が確認できるかと、セイルークは回収に向かってます」

「アンデッドドラゴン殿は？」

二人して向かう視線の先には、変わらずに地面に突き刺さったままの針。ドラゴンブレスの衝撃波でもそのままだ。

「——せめて、抜いてあげましょうか」

ようやく立ち上がれたリリー殿下と、二人してアンデッドドラゴンの元へと向かう。

できるだけ優しく、これ以上損壊が増えないように気をつけながら、まず幼女の体を貫いている針を地面から抜く。

次に、幼女の体を私が支えると、リリー殿下が針をその体から引き抜く。

完全に針が抜けた幼女の体は、ひどく軽かった。

次の瞬間、私の腕の中で、幼女の姿がグニグニと変形しはじめる。まるで初めて見たときの変形のようだ。

私は驚きながらも、落とさないように気をつけてその変化を眺める。

再び溶けた幼女の体が輝く一つの固まりとなる。それは、私の両手にのるぐらいの大きさの光。

原初魔法らしき文字と魔法陣がその周囲を巡り、一気に光が強くなる。

光が収まると、私の手のひらの上に骨で出来たドラゴンが、ちょこんと座っている。

初めて見たときの数十分の一サイズのミニマムなアンデッドドラゴンが、私の手の中からこちらを見上げてくる。

「か、可愛い！　可愛いですよ、ルスト様！」

リリー殿下の鼻息が荒い。

ぐいぐいと、自分の体で、私を横から押してくる。

リリー殿下がかぶった骨の粉が降りかかってきて、うっとうしい。

それは手のひらの上のアンデッドドラゴンも一緒だったのだろう。

小さく、くしゃみをしている。

そんな迷惑に気づいていないのか、手のひらを出してくるリリー殿下。どうやらのっけてほしいらしい。

くしゃみをし終わり、こき、と首を傾けているアンデッドドラゴン。じーとこちらを見上げ続けている。

その間もぐいぐいと横から押し付けられてくるリリー殿下の体。

私はアンデッドドラゴンを、無言でリリー殿下の手のひらに置く。決してアンデッドドラゴンを犠牲に、逃げたわけではない。

それでも、押し付けられていた体温と花のような香りから離れて、ほっと息をつく。

そこへ、セイルークが帰ってくる。

前足には真球の魔石。

それを私の前に置くと、セイルークは不思議そうな顔でリリー殿下の手のひらの上のアンデッドドラゴンに顔を寄せる。

じっと見つめ合う二匹のドラゴン。つんと軽くセイルークが鼻先でアンデッドドラゴンの小さな頭をつつくと、その体を咥《くわ》えてリリー殿下から取り上げる。

「あっ……。まだ撫でてないのですが……」

自分の背中にアンデッドドラゴンを乗せて、ふいっと横を向くセイルーク。

私はそのままセイルークに絡んでいくリリー殿下を止めると、魔石を見せる。

「はぁ、残念です。うまくいけば契約できたかもしれなかったのに……。あ、はい。ルスト様。その紋様はやはり魔族のものかと。『最弱の七席』と言われている魔族の紋様に見えます。確か『最弱の七席』は空をその棲《す》みかにしていると言われていますね」

「やっぱりさっきの敵も魔族の眷属《けんぞく》か。魔族と呪術師たちはよほどポイント集めとセイルークの成長を阻止したいらしいな。そういえば『勇者』がどうとかって言っていたけど、リリー殿下は『勇者』って知ってる？」

「いえ、初耳です」

名残惜しそうにアンデッドドラゴンの方を見ながら答えるリリー殿下。

どうやら、いまできることはこれぐらいのようだ。皆が心配しているだろうから戻らないと。

「セイルーク？」

「ぎゅ！」

どうやらアンデッドドラゴンを連れていくつもりらしい。アンデッドドラゴンもセイルークの上からこちらを見下ろしてこくこくと頷いている。

こうして新しい仲間を加え、私たちは地上へと戻ることにした。

私たちがセイルークに乗って地上へと近づいていくと、どんどんと人が集まってくるのが見える。

こちらを見上げ、口々に何か叫ぶ人々。

セイルークは一瞬どこに降りるか迷う様子を見せるが、開拓本部の正面に降下していく。

そこへ向かってわらわらと皆が集まってくる。

その中でも一際《ひときわ》目立つ、カリーンの赤い髪。

どうやら着陸場所を空けるように指示出しをしてくれているようだ。すぐに着地できそうなスペースができる。

——セイルークはこうなることを予想してカリーンの居場所を見つけたのか。賢さのレベルも上がっている？

私がそんなことを思っている間にも、大地が目の前まで迫る。

落下の速度を落とそうと、セイルークがばっさばっさと大きくその六枚ある翼を羽ばたき、着地の姿勢に入る。

巻き起こる風が地上にいる人々の間を通り抜ける。

アドミラル領の人間たちはこれぐらいは慣れたものだ。平然としている。

何人か、よろけている人間もいる。見ない顔だ。多分リリー殿下の随行の者なのだろう。

この程度の風でよろけていて大丈夫なのか、他人事《ひとごと》ながら心配になる。見るとリリー殿下も険しい顔だ。

ふわりとセイルークが上手に着地を決めると、すぐに下りられるように尻尾を差し出してくれる。

私たちは尻尾を伝って久しぶりの地面へと下り立った。

すぐさま皆に囲まれる。

私はカリーンを筆頭にアーリとロア、ハルハマー。それにカゲロ機関の面々。

リリー殿下も取り巻きに囲まれ質問攻めのようだ。

「ルスト！」

「ルスト師！」

「まったくお前は――」

皆が口々にしゃべって全然聞き取れない。

「ストップストップ！　みな、心配をかけて申し訳ない。しかし、しゃべるのは一人にしてくれ」

顔を見合わせる面々。どうやらカリーンが話すようだ。

「カリーン、申し訳なかった。リリー殿下の要望を断りきれなかった」

私は機先を制して、謝っておく。

「空の上で何があったんだ、ルスト。巨大な雲が一瞬で消えたし、ものすごい光が空を走ったぞ。

それにセイルークの顔つきが変わっているじゃないか。……しかも何か可愛らしいものまで乗せているし」

カリーンの視線はセイルークの頭の上からこちらを見下ろしているアンデッドドラゴンに向いていた。

確かにミニチュアサイズなのは、可愛いかもしれない。見た目は完全に骨、のドラゴンなのだが。

リリー殿下といい、可愛いの基準がよくわからない。

「あ、可愛い」

アーリもアンデッドドラゴンを見てそんなことを呟いている。ここにはいないタウラも見たら似たようなことを言いそうだ。逆にロアやシェルルールは冷静に観察している様子。ハルハマーは別の種類の熱い視線をアンデッドドラゴンに送っている。

私は皆を見渡し、当たり障りのない部分だけを説明していく。

リリー殿下のお言葉で上空の雲に向かったこと。そこで見つけたドラゴンの墓とアンデッドドラゴン。そして敵の襲来。

撃退するときにセイルークが放ったドラゴンブレスのこと。

そんな話でも、ハルハマー以外のカゲロ機関の面々からは、話の要所要所で歓声やら驚きの声が上がる。

「すげーなー。俺もドラゴンに乗って空の上に行ってみたい」

「二匹もドラゴンを従えてるなんてさすが我らが機関長」

「王女様と冒険だなんて素敵ね」

アーリたち付き合いが長い面子《めんつ》は、またかと冷めた顔だ。ロアなんて騒いでいるカゲロ機関員たちを可哀想《かわいそう》なものを見るような目で見ている。

私も実際、気疲れするような経験だったので、そんな風に騒がれても苦笑いしか出てこない。まあ、娯楽として部下たちが話を楽しんでいるなら邪魔するのも良くないかと判断して口を閉じる。

ただ、詳しくは内々にと、カリーンに目配せをしておく。

カリーンもそっと頷き返してくると、その場に解散を告げてくれた。

幕間　sideタウラ

「これで、最後、か」

何かが生まれた痕跡のあった遺跡で入手した手がかりである黒い粉の最後の一粒。それを、瓶から地面に落とすタウラ。

僅《わず》かに前方に引かれるような動きを見せて、溶けるように消えていく黒い粉。

骨製のリビングソードを倒した際に手に入れたそれを、ルストから貰《もら》ったポーションの空き瓶に入れ、少しずつ地面に垂らしながら、タウラはここまで移動してきたのだ。

「問題は、それらしき場所がないこと、だな」

タウラの目の前には切り立った崖。前の遺跡のように入り口となりそうなものは一切見当たらない。

「しかし、それでも。手がかりは、ここを指し示している」

じっと目の前の岩の崖を睨《にら》むように見つめるタウラ。

タウラは懐からアレイスラ教の経典を取り出す。片手に経典を、反対の手に抜き身の剣を掲げると、目を閉じ祈るように呟《つぶや》く。

「三面《さんめん》の神たるアレイスラよ。我が果たすべきは復讐《ふくしゅう》なり。我を、導きたまえ」

タウラの全身をうっすらと覆う魔素が、さざめくように波打つ。

ルストがそのさまを見ていたら、魔素の動きが、託宣を得るときとよく似ていると思っただろう。

目を開けたタウラの瞳は、どこか虚《うつ》ろになっていた。そして、まるで何かに導かれるように剣をまっすぐ前へと突き出す。

その魔素をまとった剣先が崖に触れた瞬間だった。

ノイズのような耳障りな音が辺りに響く。それはまるで鍵で閉じられた扉を、強引に解錠して力ずくで開くような音、だ。

剣先が、崖にめり込んでいく。

ギチギチと耳障りな金属音を立てながら、剣が半ばまでめり込んだときだった。がらがらと音を立て、タウラの目の前に、岩が崩れ落ちてくる。そこには、人ひとりがギリギリ通れるぐらいの穴が開いていた。

はっとした顔を見せるタウラ。しかしその瞳はすぐに復讐に囚《とら》われる。

剣を構えると、開いたばかりのその穴へと身を屈《かが》めるようにして潜り込んでいく。

どこまでも続くように思える穴。狭くなることはないが、決して広がりもせず、ただただ奥へ奥へと続いている。肩をすぼめ、背を屈めてようやくタウラが通れるほどの狭さだ。狭い場所が苦手な者であれば恐怖を覚えてもおかしくない道行き。

しかしタウラの瞳には、ただ一欠片《ひとかけら》の恐怖も浮かんではいなかった。

「不思議な光だ。壁がうっすらと発光しているのか。もしかしてこれが話に聞く、ダンジョンとやらか」

そう呟くタウラ。

「くっ、さすがにこれは、狭い」

歪曲《わいきょく》した通路に、無理やり体を押し込むようにして抜ける。しかしそこが出口だったようだ。

タウラは広い空間に出ていた。

「なんだ――これは」

広い広い空間に巨大な何かが見えた。

今まさに目覚めたかのように身じろぎをすると、ゆっくりと動きだすそれ。

あまりの威容に体が硬直してしまいピクリとも動けなくなるタウラ。しかしそれが幸いしたようだ。それは、タウラに気づくことなく、目の前を通り過ぎていく。

ダンジョンの壁が崩れていっているのか、轟音《ごうおん》が辺りを満たす。

気がつけば、それはすっかりタウラの目の前からいなくなっていた。

ようやく身じろぎをすると、あとを追うように動きだすタウラ。

ダンジョンには大穴が開き、巨大なそれは外に出て、さらにどこかへと進み続けているようだった。

「――この方向は、もしやっ。はやく、カリーンに知らせなければっ！」

慌てたように呟くと、タウラもその場から走り去っていった。

第九話　急報！

「というわけで、このアンデッドドラゴンもついてくることになって、セイルークは四つ目のポイントを手に入れたわけなんだ」

今、私たちがいるのはセイルークのために新しく作った竹の建物の中だ。

そこでカリーン、アーリ、ロアとハルハマーに、何があったのか詳しく話をしていた。

「ふむ。なかなかイベントたっぷりの空のデートだったわけだな」

「カリーン。違うからな？」

私は、じとっとした視線をカリーンに向ける。

カリーンはどこ吹く風とそれを受け流す。


その間、ドラゴン二匹は興味深そうに室内を嗅いで回っている。アンデッドドラゴンに嗅覚があるのかは、大いに謎だ。ただ、それでも二匹とも気に入ったようだ。

そのときだった。扉を開け、シェルルールが飛び込んでくる。

その手にはくるりと丸まった羊皮紙の巻物が一本。最新式の通信装置からの知らせのようだ。

「カリーン様！　ハーバフルトンより通信です。至急、親展とのことですぅ！」

「なんだ良いところなのに。これからルストの初デートの話を根掘り葉掘り――」

「いや、そんな事実はないから！　カリーンもいい加減にしようか」

羊皮紙をカリーンに手渡したシェルルールが目を丸くしてこちらを見てくるので、私はきっぱり否定しておく。

「はは。そんなに照れると逆に……」

羊皮紙の封を切り、目を通すにつれてカリーンの軽口が途切れる。

重苦しい雰囲気が室内に広がる。

カリーン以外の面々が互いに顔を見合わせる。

羊皮紙を読み終えたカリーンが顔を上げ、皆を見回すと口を開く。

「緊急事態の可能性が高い。連絡はタウラからだ。東の国境付近で、超大型のモンスターが発生、移動しているのを確認。進行方向にはハーバフルトンが含まれるそうだ。ハーバフルトン到着まで推定、六日」

「六日ということは、移動速度はそこまで速くなさそうだね。それで、タウラは無事なのか？　というか、なぜそんなところで超大型モンスターが……」

私は思わず口出ししてしまう。

「タウラの状態については記述はないな」

「そうか……。口出ししてすまない」

「なに、いいさ。さて私はハーバフルトンに戻らねば。どれだけでかいのか、今から楽しみだ」

そう言って、がははと笑うカリーン。しかし虚勢を張っている時、笑い顔が少しひきつるのは、カリーンの昔からの癖だ。

領主としての皆の命を背負う重圧を想像しようとしてやめる。今はそれよりも少しでもカリーンの手助けをすべきだろう。

「セイルーク、ハーバフルトンまで何人乗せて飛べる？」

「ぎゅー」

絆を通して伝わってきたのは三人。そもそもセイルークはハーバフルトンまで人を乗せて飛べるんだな、と内心で感心する。

「カリーン様、三人ならセイルークが運べると」

「助かる、ルスト師。私、ルスト師、ロアの三名はセイルークでハーバフルトンへ向かう。ハルハマー師、先行部隊から開拓部隊への引き継ぎ作業の監修を頼む。その後、アーリを連れて錬成獣で移動し、ハーバフルトンで合流してくれ。この地のカゲロ機関の責任者は――」

「シェルルールがいいかと」

「うむ。そうしよう。ありがとうルスト師。シェルルール、頼めるかな」

「は、はいっ！　がんばりますぅ」

びくっとなって背筋を伸ばして返事をするシェルルール。

「あとは、リリー殿下だ。どうしたものか」

「カリーン様、わしの方で引き受けましょう」

「……すまん。ハルハマー師、よろしく頼む。さて、準備でき次第出発だ」

カリーンのその声で皆が慌ただしく動きはじめた。

◆◆◆◆

「これは見たことがある。そうだ、地下遺跡のダンジョンに初めて入ったときに、もや越しに見えたモンスターだ……しかし巨大だな……。ロア、どうだ？」

「——なか、見えそうで、見えない」

両手を眼鏡型の魔導具にあて、目を細くして眼下の敵を見つめるロア。無表情に、しかし口調はどこか悔しそうにそう告げる。

どうやらロアの遠視と透視の魔眼でもダメなようだ。

ハーバフルトンに戻った私たちはタウラと合流していた。タウラは連絡をくれてそのままハーバフルトンで待機していてくれたのだ。そのタウラの案内で、セイルークに乗り、迫り来るという巨大な敵の偵察に来ていた。

カリーンはハーバフルトンで陣頭指揮を執っている。最悪の場合はハーバフルトンの放棄もあり得る事態だ。

いま私たちが行っている偵察の報告によって、決定されるだろう。

そしてそれは今のところあまり芳《かんば》しくはなかった。

何せ、敵の姿が見通せないのだ。その周囲を真っ黒な何かが覆っていた。これを見ていると、アンデッドドラゴンのアンがいた墓雲《はかぐも》も積乱雲で覆い隠されていたのをどうしても思い出してしまう。

ただ、何か悪意のあるものが中にあるのは間違いない。時折、真っ黒な何かを突き破って小型のモンスターが外へと出てくるのだ。

「いま出てきたのは、ツインテールホーンの、変異種。体表に、黒い血管みたいなものがいっぱい……美味《おい》しくなさそう」

遠視で見た結果を教えてくれるロア。最近何度も確認されている変異種のモンスターの出どころも、こいつだった可能性が高い。

私の目には小さすぎてよくわからないが、ロアが次々に報告してくれるモンスターたちには様々な種類がいた。

ただ、そのどれもが通常のモンスターから変異したものだという。

そうして変異種モンスターを次々に生み出しながら徐々にハーバフルトンに近づいているようだ。

「ルスト、どうする？　ロアでも見通せないとなるとお手上げだ」

ここまで一緒にセイルークに乗って案内してくれたタウラが聞いてくる。

私は懐中時計を懐にしまいながら、それに答える。

「——危険だが、あの黒いのが通り過ぎたところに着陸しよう。できるだけ手早く済ませるけど、高確率であの変異種モンスターが襲ってくるはずだ。二人とも、すまないがモンスターを防いでほしい」

「うん」

「わが剣、ルストのために振るおう」

こちらを向いて無表情に頷《うなず》くロアと、嬉《うれ》しそうに笑いながら剣を抜いて構えるタウラ。

頼もしい二人だ。

そんな私の感情が絆を通して伝わったのか、セイルークも一鳴きする。

「ぎゅー」

「ああ、すまない。もちろん、セイルークの爪にも期待しているよ、よろしくな。よし、セイルーク、あの砕けた岩のところに着地してくれっ」

私の指差した先を目指し、セイルークが降下を開始した。

セイルークのやや荒っぽい着地。

着地ついでに、その両足で狼《おおかみ》らしき変異種モンスターを踏み潰《つぶ》してくれている。

着地の反動でセイルークの体が沈み込む。そのタイミングでロアとタウラがほぼ同時にセイルークから飛び降りる。

そのまま周囲を徘徊《はいかい》している変異種モンスターたちへと振るわれる、剣閃《けんせん》に槍《やり》の刺突。

またたく間に、大地が黒い血に染まる。

――あの黒い血も念のため確保しておくか。

私は《純化》処理済みの採取用の手袋をはめる。最近はすっかり愛用している品だ。

慎重にセイルークの尻尾を伝い地面へと下りる。セイルークも近づく変異種モンスターたちを倒してくれているため、尻尾が動いて下りるのも一苦労だ。

地面につき、ほっとしたのもつかの間、すぐにリュックサックから空《から》の瓶と細長いガラスの筒、そして数本の小型スクロールを取り出す。

研究者としての勘みたいなもので、大地に流れた後の黒い血と、変異種モンスターの死骸の血の両方を、それぞれ採取しておく。なんとなく後で比べると面白そうな気がしたのだ。

口に咥《くわ》えたガラスの筒で、慎重に採取対象の液体を吸い、瓶へと注いでいく。

そのときだった。私の背後を血なまぐさい風が吹き抜ける。どうも近づいてきた変異種モンスターをタウラが処理してくれたようだ。

——急がないとな。

私は小型の《封印》のスクロールを、栓をした瓶に巻き付け、空にしておいたポーションホルダーに次々に刺して固定していく。

次は、土の採取だ。

黒い血の染みた土と、血のついていない部分の土をそれぞれナイフの刃先にのせて瓶へ。

こちらも《封印》、と。

——本当はあいつの通り過ぎてない部分の土も欲しかったが仕方ない。

残念ながら、通り過ぎた幅が広すぎて遠いのだ。

私は離れたところで移動を続ける巨大な黒い存在を見ながら、必要そうなものを集めていく。

次の採取をと、振り向いた私の目の前に変異種モンスター。それは、コウモリみたいな姿。

こちらに向けられた開かれた口から、次の瞬間、槍の穂先が突き出てくる。

ロアの刺突だ。

「邪魔した」

「いや、ありがと」

私たちは短く言葉をかわし、それぞれ自分の仕事へと戻る。

――急がないと。魔素濃度の測定はサンプルの土を後ではかるので我慢しよう。採取はこれでいい。あとは距離だ。

私はタウラとロア、セイルークに話しかける。この短時間で周囲の変異種モンスターは全滅していた。

「採取は終わった。あとは距離をはかりたい。ついてきてくれ」

「早めにして。あれはムリ」

ロアが穂先で指し示して告げる。そこには、こちらへと向かってくるモンスターの大群の姿が見えた。

◆◆◆◆

「ギリギリ、でしたね」

「危なかった」

「二人とも、すまない」

私たちは再び空の上にいた。迫り来るモンスターの群れに追いつかれる寸前に、なんとか最低限の調査を終え、全員無事にセイルークに乗ることができた。

数体、飛行型の変異種モンスターもいたが、ロアが魔素の槍を飛ばして全て処理済みだ。

眼下には無数の変異種モンスターがひしめき合っている。遠くから見ると、黒々とした海のようにすら見える。

「おかげであれを調べるための試料は手に入れられたよ。二人とも、ありがとう」

「あれ、ルストはなんだと思う？」

「今のところ、さっぱりだ。とりあえず、アンノウンと名前だけでもつけとこうか」

「ぎゅー？」

私たちが体勢を整えながら、そんな話をしているところへ、セイルークの鳴き声。

絆を通して伝わってくる内容に、私はしばし考え込む。

ロアとタウラにもセイルークの提案と、そして自分の考えを伝える。

「ぎゅ！」

セイルークから伝わってくる肯定の意思。

私はロアとタウラに、しっかり掴《つか》まるように伝えると自分もセイルークの背中にしがみつく。

セイルークが、ばっとその翼を広げる。至近距離で輝く、真っ白な鱗《うろこ》が眩《まぶ》しい。大量の魔素が翼から放出され、それが一枚の障壁を形作る。

そのまま障壁が細めの円錐形《えんすいけい》に変化していく。

「これが、魔族の配下を一撃で消し飛ばしたという新しいドラゴンブレスっ！」

タウラの驚嘆の声。

そう、セイルークから、眼下の変異種モンスターたちにブレスを放って数を減らしておくかと提案されたのだ。

それに対して、前のときよりも障壁で作る光の絞りを、細くして放ってみてとお願いしてみた。

セイルークの顎《あぎと》が、大きく開く。全身の鱗から光が集まり、そして煌々《こうこう》とした輝きが放たれた。

渦巻く光が大地へと叩《たた》きつけられる。その捻《ねじ》れ具合は前回以上に激しくなっていた。

光の奔流がぐにぐにと暴れるようにして大地をえぐり、大きな傷跡を残していく。

降り注いだ光が、大地にあるもの全てを、消し飛ばしていく。

当然、あれだけひしめき合っていた変異種モンスターは、跡形もない。

捻れ、暴れた光の奔流がそのままアンノウンに襲いかかる。

アンノウンの黒い表面に、捻れた光が当たる。

その表面をいくばくか削り、しかし同時にその黒い何かに光が吸い込まれていくようにも見えた。

「少しは効果あった、のか？」

私がそう呟《つぶや》いたときだった。

急にセイルークがブレスを止め、力強く羽ばたく。その羽ばたきで一気に上昇するセイルークと私たち。

アンノウンの体にさざ波が立ったかと思った次の瞬間、無数の黒い細長い針のようなものが四方八方に飛び出す。

上昇しながら体を捻るセイルーク。飛び出してきた針の隙間《すきま》をぬうようにして、飛ぶ。

針をギリギリのところで完全にかわしきり、そのままセイルークは一気にその場から離脱したのだった。

◆◆◆

最後に想定外の反撃を受けたが、私たちは、無事にハーバフルトンに戻ってきた。

戻って早々、私は最優先事項に取りかかるべく、カゲロ機関の本部へと駆け込もうと走りだす。

カリーンへの報告はロアとタウラにお願い済みだ。

そこに、セイルークからの声。お腹が空《す》いたらしい。

「ギュッ！」

——セイルーク、休まず飛び続けてくれたからな……

駆け込んだカゲロ機関にいたコトに、私は挨拶もそこそこに、ポーションを投げるように渡す。

矢継ぎ早に指示を伝える。

目を白黒させていたコトだが、すぐに慌ただしく動きだしてくれる。

——これでセイルークのご飯と鱗のお手入れは大丈夫。あとは帰りに測定したセイルークの遠距離飛行時の巡航速度を再計算するところから……

私は記録しておいた各種資料をテーブルに広げた。

「ほお、これは！」

計算し、出たのは意外な結果だった。

四回目のポイントを取得した今の場合と、二回目のポイントを取得した後だと、今の方が僅《わず》かだが速度が遅くなっているのだ。

三回目のポイント取得後に計測する暇がなかったことが悔やまれる。

――某王族の方のお相手をするのに時間をとられなかったら調べられたのにな。

しかし、過ぎたことは仕方ないと気持ちを切り替える。

算出した巡航速度に、懐中時計で調べたセイルークの飛行時間と大地の歪曲《わいきょく》度を合わせ、次にアンノウンの進行した跡地で調べた移動速度の概算から、大まかなハーバフルトンへの到達日時を割り出す。

――アンノウンは一直線でハーバフルトンに向かっていた。観測した範囲では障害物を一切避《よ》けないで破壊しながら、だ。まあ残念なことにあそこからハーバフルトンまで、川ぐらいしか障害となるものがないんだよな。

私はカリカリとペンを羊皮紙に走らせる。

――アンノウンの速度は落ちないと仮定しよう。速度が落ちたらラッキー、ぐらいでいた方が安全だ。

「よしっ！　……なるほど。四日か」

私は自身の計算に間違いがないか、再度見直す。

経過時間を勘案しても、タウラの最初の知らせよりは短いが、これは仕方ない。何せ辺境には正確な地図などないのだ。

多分私がやったように、飛行する存在に乗りながらでなければ計測自体が困難なはずだ。

そのなかで誤差二日とはいえ、タウラはよくやったと言える。どうやって調べたか聞くのを忘れていたが、多分、託宣の能力を応用したんだろうなと目星をつける。

そこへちょうどタイミングよく、カリーンが本部の部屋へとやってくる。

ロアとタウラもいる。

私はいま計算したばかりの結果を皆に伝える。

「……ルスト、大変助かるが根《こん》を詰めすぎるなよ。ルストのその優秀さと勤勉さにはいつも助けられているが、いまここでルストに倒れられる方が困る。だいたい、何も食べてないと聞いたぞ」

カリーンの心配するような声。そういえば普段は移動中に携行食を食べて済ませるのだが、空の上だとそれも難しく、しばらく何も食べていなかった。私は、ロアをずっとそれに付き合わせてしまったなと、今更気がついて後悔する。

「ロア、すまない。食事の時間をとるのを忘れていた」

「うん、お腹空いた」

「というわけだ。ルスト、お前も来い。食事だ」

「いや、でもほら、試料の分析が……」

背伸びをして、満面の笑みで、がしっと私の両肩を掴むカリーン。その見開かれた瞳が私の瞳を正面からとらえる。キラキラとこちらを見つめ発せられる、強大なプレッシャー。

「ルスト師。食事、だ」

「――はい。カリーン様」

◆◆◆

「これは、興味深い。興味深いぞ……」

さっさと食事を済ませた私は逃げるようにしてカゲロ機関の本部に戻ってくると、意気揚々と試料の分析に取りかかっていた。

机に並べたのは、採取してきた試料に加え、先行部隊に同行した際に発見していた変異種モンスターの素材。そして分析に使う呪い感知の羅針盤と、支給された潤沢な予算で揃《そろ》えた機材の数々。

その潤沢な予算は、人材面でも効果を発揮していた。優秀な錬金術師が王都をはじめ、各地からカゲロ機関に集まり続けているのだ。

わざわざ遠方から来てくれた、彼ら彼女らカゲロ機関の機関員たちに、支給している給与も当然、潤沢だ。少なくとも懐かしの錬金術協会の、同ランクの錬金術師の倍は払っている。

コトやシェルルール等の古参メンバーには、当然それ以上支給しているが、それでも十分な利益が出ているとハルハマーが嬉しげに言っていた。

それはもう、みな、やる気に満ちている。

ハルハマーは、救国の英雄だとか竜を従えし者だとかいう、私の恥ずかしい二つ名や名声に惹《ひ》かれて人が集まっていると言っていたが――

「ルスト師、結果出ました。しかし、これ――」

私は渡された資料に素早く目を通す。それはここまでの検証の結果を裏付けるものだった。

「コト、ありがとう。……やはりな。間違いない。早速、この結果をもとに錬成の第一工程に入ってくれ」

「わかりました。素材はどうされますか？」

「私の作っておいたストックがある。それを。無制限で」

「っ！　いいのですか！　どれも最高級の等級ですよね？」

「ああ。コトの手堅い仕事ぶりはいつも見せてもらっているから。コトたちなら無駄にしないで活用してくれるでしょ」

「ありがとうございます！　早速、皆で取りかかります！」

興奮気味に早足で駆けていくコト。

私も同じ錬金術師として、最高の機材と最高の素材を使う楽しさは知っているので、それを微笑《ほほえ》ましく見送る。

――良いものは反応が違うんだよね。こちらの細かい調整に敏感に反応してくれるから。その分、繊細さがいるけど。カゲロ機関の皆もだいぶ腕を上げてきたしね。それに素材はまた錬成すればいいいだけだからね。

私はここまでの結果を簡単に羊皮紙にまとめると、カリーンへ途中経過を報告しに行くため、カゲロ機関の本部から外へと出る。

——このまま予定通りであれば十分に間に合う。私にとって都合の良すぎる展開だ。多分だが、敵はセイルークのことを警戒しすぎている感じがある。

すぐにカリーンのいる建物が見えてくる。

——確かにセイルークのブレスはアンノウンに完全に無効化されていたし、爪や牙といった物理的な直接攻撃は届かないだろう。セイルークのことを『勇者』と呼んでいた。それと何か関係があるのだろうな。とはいえ、錬金術のことを舐《な》めている？　いや、違うか。敵の把握している錬金術はリハルザム基準なのかもな。

物思いにふけりながら、カリーンの執務室の扉をノックする。

「入っていいぞ」

カリーンの声。私は扉を開ける。

部屋にはちょうどタウラたちも揃っていた。私は皆に途中経過を伝える。

アンノウンの接近まで、あと二日と迫っていた。

「ルスト師、申し訳ありません。想定外でした」

「なーに。コトが謝ることじゃないさ。それに、錬金術はこれだから面白い、と私は思っている」

対アンノウン用の錬成品。ほぼ完成したそれが私の前に置かれている。

そう、ほぼ、完成なのだ。

作ろうとしていたのは三本セットのポーション。そのうちの一本が不完全だった。

――この結果を見るに、錬成に重要なピースがあと一つ、足りない感じだな。

それは私の錬金術師としての勘、だ。

「ルスト師、タウラ様をお連れしました！」

そう言って声をかけてきたのはカゲロ機関の錬金術師で、コトの部下だ。

「ありがとう。タウラも急に呼び出してすまない」

「問題ない。それで、どうしたのだルスト」

「実は――」

私は目の前のポーションを示し、自分の推測と錬成用の素材が不足している可能性があることを告げる。

「それでさ。タウラが見た遺跡にあったという卵の殻。それが答えになるんじゃないかと思ってるんだ」

「そうか……。くっ、すまない。私が回収してさえいれば」

「いやいや。そもそもタウラが教えてくれなかったら存在すら知らなかったから。それで申し訳ないのだけど、タウラが途中立ち寄ったと言っていた、東の国境の遺跡に案内してほしい」

「もちろんだ。すぐに向かうか？」

「ああ。コト、ここは頼めるか」

「もちろんです。ルスト師、お気をつけて。無事のお帰りを」

周りのカゲロ機関の機関員たちも口々に無事を祈ってくれる。

「なんだか大人気だな、ルスト」

珍しくそんな軽口を叩くタウラを連れて、私はセイルークに乗って出発した。

◆◆◆◆

「ここだ、ルスト」

タウラに案内されてやってきた、人骨のオブジェの前。

「ここで、骨のリビングソードと戦闘になったんだね？」

「そうだ。その攻撃の余波で――すまない、貴重な素材を」

「いやいや、攻撃されたら当然だよ。タウラの命の方が大事だ」

私は地面に這《は》いつくばるようにしながら、タウラに答える。

片手には呪い感知の羅針盤を、反対の手にはペンデュラムを作動させている。

真剣にその地の魔素と呪術を調べていたので、タウラからの返事がないことにも気がつかなかった。

——面白い。これは面白い。ここが、何かの儀式場なのは間違いない。タウラによるとアレイスラ教の聖堂を模しているとか。この人骨のオブジェの前で、何かの力場が収束するようになっているようだ。

「——生命の誕生？　いやこれはもっとおぞましいもの……。聖堂を模し、神の像の代わりに死者を象徴する人骨のオブジェを配置して——。呪術における、類似性を使用している？　とすると、これは利用できるかもしれない。鍵となるのは時間、か。うん？　この反応……」

楽しくなってきて思わず独り言が増える。

そんな私を静かに見守ってくれているタウラ。

「タウラ」

「何かわかったのか、ルスト」

私は羅針盤をしまうと、採取用の手袋をはめた手を、人骨のオブジェへ突っ込む。

「る、ルストっ。なにを⁉」

「あった。卵の殻だ」

そう言って私は手にした拳大の欠片《かけら》をタウラに示す。

「はあ、何かと思ったぞ。しかしよかった。これで戻るのか？」

「いや、それが……」

「どうしたのだ、ルスト」

「ここで、錬成していってもいいかな？　どうもこの場所を利用しないと、錬成に成功しない気がするんだ」

「なるほど」

「多分、一晩徹夜すればできるんじゃないかと……」

「そうか。では寝ずの番は任せてくれ」

そう言って剣を掲げるタウラ。

「ルストの背中は私が守ろう。何人《なんぴと》たりとも、いかなる敵が来ようとも。邪魔はさせない」

キリッとした顔で宣言するタウラ。

「ありがとう。頼りにしてる」

私は早速スクロールを展開させると、未完成のポーションの錬成に取りかかりはじめた。

◆◆◆

「完成した……！」

「そうか。素晴らしい。こちらもちょうど片付いたところだ」

私はその声に慌てて振り向く。

そこには顔を血で濡《ぬ》らしながらもしっかりと立って、剣を構えたままのタウラの姿があった。

その足元には、無数のモンスターの姿。言葉通り、タウラは一晩中私のことを守って戦い続けてくれていたようだ。

「タウラっ！　顔に怪我《けが》が！」

「なに。かすり傷だ。出血が少しあるから、ひどく見えるだけ――」

私は話しはじめたタウラの元へ駆け寄ると、急いで座らせて傷の確認を始める。

確かに本人の言う通り、怪我は浅い。

しかし《転写》のスクロールで確認すると止血を阻害する毒が検出される。

「いま、治療する！」

「しかしもう、夜明けだ。アンノウンが……。錬成が終わったなら、ハーバフルトンに急ぎ戻らねば――」

「いや、ダメだ。いま治さないと、これは傷が残る。すぐに済ませるから、これを押さえてじっとしてて」

私は清潔な布で傷を押さえさせると、急いで解毒作用を備えたポーションを作成する。

徹夜の錬成後の追加での錬成は、ガリガリと私の精神を削っていく。しかし一切の妥協はしない。

完璧に治せるように、最高のポーションを作り上げると、傷と布の隙間からそっとポーションを注いでいく。

「よし。よしよし。そっと布をどけてくれ」

私はタウラの頭に手を添え、少しずつポーションを傷口に垂らしていく。

再生する皮膚がひきつれて、跡が残ってしまわないように細心の注意を払いながら。順調に傷の端から肉が盛り上がり、皮膚が形成され、傷口が閉じていく。

「――よし。はぁ。終わったよ、タウラ」

そっと自らの顔を剣の刃に反射させて確認するタウラ。

なぜか無言だ。

「――もしかして違和感ある？」

「えっ！　いや、そんなことはない。ありがとう、ルスト」

小声で答え、くるりと背を向けるタウラ。

「さあ、ルスト、戻ろうハーバフルトンへ」

私たちは急いで遺跡を抜け出すと、セイルークに乗って空へと舞い上がった。

sideアーリ

「ハルハマー師、こちらの受け入れ態勢は完了です」

「よし、あとは開拓部隊の奴らと、シェルルールの嬢ちゃんにおまかせして、わしらもハーバフルトンに向かうとするか」

「わかりました」

私は腕に抱えたアンデッドドラゴンのアンちゃんをギュッとします。

ハーバフルトンに戻ったカリーン様からの至急の連絡。それは、アンノウンと名付けられた存在の襲撃から、ハーバフルトンの住民を避難させるというものでした。

アンノウンの迎撃についてはルスト師があっという間にその正体と対処法を分析してしまったとは聞いております。

何でも、ハーバフルトンに着いたその日のうちにすぐさまタウラ殿を連れて、アンノウンのすぐそばで試料を採取。そのまま帰ると食事も取らずに分析に入ろうとしたそうです。

同行したロアがお腹が空《す》いて仕方なかったと連絡を寄越したほどです。

カリーン様がルスト師に強引に食事を取らせるも、あっという間に抜け出し、そのまま休みも取らずに分析を完了させてしまったとか。

まったく、あの方は大丈夫なのでしょうか。確かに、今回のことでも、ルスト師がいなければハーバフルトンが助かる道はなかったでしょう。

でも、ルスト師だって人間です。

たとえ、周囲がどれほど、当代一の錬金術師だと称賛し、救国の英雄だと称《たた》え、竜を従えし者と持ち上げようが、その体は普通の人間と大差ないはずです。

どちらかといえば私たちのように武に拠《よ》る者よりも、体力的には劣るでしょう。

私は、ルスト師がスタミナポーションを飲んでいる姿ばかり見ている気がします。

私がそんなことを思い出しながらため息をついていると、騎獣に二人乗りしたリリー王女殿下とシェルルールがやってきます。

ハルハマー師が二人に住人の簡易的な受け入れ体制の準備の完了と、ハーバフルトンに向かうことを伝えています。

真剣な面持ちでそれを聞くシェルルール。彼女は避難してくる住人たちの様子をリリー殿下と確認に行って戻ってきたところのようです。

住人たちの護衛には、カゲロ機関特製、ルスト師監修の改良ブリックゴーレムの大軍団がつけられているそうで、不具合が生じていないかの確認に行っていたと聞いています。

リリー殿下はなぜかシェルルールと気が合うのか、そんなブリックゴーレムの大軍団が見てみたいと言ってシェルルールを騎獣に乗せて連れていってくれたようです。

ハルハマー師に報告するシェルルールの話を横で聞いている限りでは、ブリックゴーレムの大軍団はモンスターを次々と殲滅《せんめつ》し、道を踏み固めながらこちらへ戻ってきているみたいです。

ここに着いたらまたレンガとして都市の礎になる予定のブリックゴーレムたち。資材と同時に、新たに一気に投入される住人という人材。

これで領都の開拓も一層進むことでしょう。カリーン様の目論見《もくろみ》通りに。

私は、アンちゃんを抱え、ハルハマー師の騎獣に乗せてもらいながら、カリーン様の手腕に思いをはせます。

盟友たるルスト師に全幅の信頼を寄せながらも、為政者としてはたった一人の英雄の力に頼り切ることなく、万が一の最悪の場合を想定するその冷静さ。

さらには、その状況を上手に利用して、住人の避難という策で領都の開拓を一気に推し進める、したたかさ。

どうやら、リリー殿下はこの地に残るようです。ハルハマー師がうまく言いくるめたようですね。

私の腕の中のアンちゃんへ送られてくる、その熱を帯びた視線からそっとアンちゃんを隠してあげます。

「行くぞ」

ハルハマー師の掛け声で、私たちはハーバフルトンへと出発しました。

ハーバフルトンへと着くと、そこは今まさに、戦端が開かれようとしていました。

ハーバフルトンへ迫る、真っ黒な小山のような存在。あれが、アンノウンでしょう。

その小山の下から這《は》い出るようにして、次々に現れるモンスターたち。その体は真っ黒な血管のようなもので覆われています。

ハーバフルトン側はそれに対し、防御用の隊列です。その先頭には漆黒の隕鉄《いんてつ》の鎧《よろい》をまとったカリーン様の姿があります。

戦場の気配に、未来視の魔眼がうずきます。

私は片眼鏡の魔導具を操作し、視野を絞ると未来視の魔眼を僅《わず》かに発動させます。

これほどの大規模な戦闘の気配、ルスト師から頂いたこの魔導具がなければ到底耐えられなかったでしょう。ルスト師にはいくら感謝しても、しきれません。

「モンスター避《よ》けの結界の縁に沿って陣を張っているのね。結界を越える際に、僅かに怯《ひる》む隙《すき》が出来ている。え、ルスト師の姿が見えない。不在？」

私は二重写しになった世界で、少しだけ先の世界の情景を垣間見ます。

このまま戦闘はハーバフルトン側に有利に進むかと思ったときでした。私の未来視の映像に、異変が映ります。

「いけないっ！　カリーン様に早く伝えないとっ」

私は戦線の最前線に立つカリーン様の元へと駆け出しました。


「カリーン様！」

「おう、アーリ。戻ったかっ！」

「はい！　カリーン様、あの、ルスト師はご不在なのですかっ」

「ああ。どうしても必要な素材があるとかでな。回収に行ったぞ！」

未来視で見えた可能性からルスト師のご不在は推測していました。しかし、実際にカリーン様から聞くと、やはり心細く感じてしまいます。そしてそんな弱くなった自分に嫌悪を感じます。

「そちらは避難した住民の受け入れはどうだ？」

大剣を横一閃《いっせん》し、まとめて数匹の変異種モンスターを薙《な》ぎ倒しながら、カリーン様が訊《たず》ねてきます。

「問題ありません。万全の態勢でシェルルールが差配しています。彼女ならそつなくこなすかと」

「そうか。ルストのとこは部下も優秀だな。引き抜きたいぐらい、だっ！」

私の手短な報告に、そう応えながら、ぶんぶんと大剣を振るカリーン様。その度に敵が吹き飛んでいきます。

「カリーン様、お知らせしたいことがあります！」

カリーン様のすぐそばまで近づくと私は悪い知らせを伝える覚悟を決め、叫ぶように告げます。

「聞こう」

「アンノウン本体から、このあと直接攻撃が来ます！　密集陣形では被害が拡大します！」

「伝令っ。各分隊長へ、急ぎ伝えよ！　未来視だ！　散兵陣形っ」

「はっ！」

複数の伝令がカリーン様を中心に広がっていきます。それにつれて、密集して変異種モンスターと対峙《たいじ》していた隊列が広がります。

しかし完全に広がりきる前にアンノウンからの直接攻撃が始まってしまいました。

筒のようなものがアンノウンから伸びたかと思うと、そこから真っ黒な塊が、射出されてきます。

上空へと射出されたそれが弧を描き、こちらへと近づきます。

遠目に小さく見えた塊が、どんどんと近づくにつれてその実際の巨大さが明らかになります。

そのまま大地へと激突する直前、それが空中で爆発したように飛散しました。

真っ黒な塊が、雨のように降り注ぎはじめます。

「「盾、構え！」」

私とカリーン様がいる場所よりやや後方にそれが降り注ぎます。近くの分隊長たちの叫び声がシンクロします。

雨のように見えたそれは、その一つ一つが変異種モンスターでした。真っ黒な血管が全身を覆った様々な種類のモンスターが、上空から降り注ぎます。

その質量で、盾を構えたハーバフルトンの兵たちが次々に押し潰《つぶ》されていきます。

しかしカリーン様の指示で素早く散開していたおかげで、その被害は最小限にとどまっています。

「今のは着弾測定ですっ」

「本番、くるぞ！　全軍さらに拡散せよっ」

アンノウンから放たれる真っ黒な塊。

それが連続していくつも、いくつも空中へと射出されてきます。

適度にばらまくように放たれたそれは、明らかにハーバフルトンの全軍を攻撃範囲に想定していました。

ギリッと、カリーン様が歯を食いしばる音が聞こえてきます。

空中で真っ黒な塊が飛散しました。

「みな、生き残れよっ！」

カリーン様の叫び。そのときでした。

一条の光が上空を走ります。その渦巻く光が、ハーバフルトン全軍の上空全体をカバーするかのように、横薙ぎに移動すると、無数にあったアンノウンからの真っ黒な塊が、次々に消滅していきます。

「セイルークのドラゴンブレス⁉　ルストかっ」

アンノウンからの攻撃を全て防ぎきったセイルーク。それに乗ったルスト師が、降りてきます。

アンノウンと私たちの間に降り立つセイルーク。

「すまん、カリーン。それにアーリも。遅くなった」

「待ちかねたぞ、まったく。それで？」

「ああ。無事に完成したよ」

私たちを安心させるかのように笑うルスト師。しかしその笑みは遠目にもちょっとだけ自慢げで、どこか子供みたいにも見えます。

私はそのルスト師の笑みにほっとするとともに、少しだけ胸がぎゅっとするような感覚を覚えました。

「カリーン、あとは任せてくれ！　セイルークはドラゴンブレスが再度、撃てるようになるまでここで待機を。タウラもハーバフルトンの皆をよろしく」

「仕方ないな、任せろ」

「ルスト、すまんが頼むっ。皆の者、今のうちに怪我人《けがにん》の対応を！」

カリーン様からの指示。

しかし私はルスト師の背中をじっと見つめます。

セイルークから下りたルスト師が、一人でまっすぐに歩きだします。アンノウンへと向かって。

「はぁ、はぁ。ようやく追いついたわい。あれは、ルストか。あいつはまた一人でやらかす気だな」

遠ざかっていくルスト師を見つめていると、追いついてきたハルハマー師がどこか楽しげに話しかけてきます。

私は未来視の魔眼を最大限まで解放し、ルスト師の未来を見ようとしていました。しかし、いつものようにその未来ははっきりと見ることができません。

ルスト師が、セイルークと契約してからは、常にこうです。ルスト師の起こしうる、常人とは比べものにならないぐらいの無数の未来が重なりあって見えてしまい、うまく判別ができないのです。

「……ルスト師にはきっとお考えがあっての、単独行動のはずです」

アンノウンから再び這い出てきたモンスターたちが、一斉に動きはじめます。

その牙の先にはルスト師。そしてその後方にいる私たちへと向かってきます。

ルスト師が何本ものスクロールを発動させたようでした。

複数のスクロールによって、空中に巨大な魔法陣が描かれます。その巨大な魔法陣から、ヒポポブラザーズたちが、こちらも溢《あふ》れ出るようにして次から次へと顕現していきます。

ヒポポブラザーズたちはルスト師を中心にして密集していきます。

ルスト師の姿が、押し上げられるようにしてヒポポブラザーズたちの上へと移動するのが見えます。

そのまま、ヒポポブラザーズたちと黒き血のモンスターたちが、激突します。

それは真っ黒で毒々しい海に突撃する、巨大な船のようでした。船が波を切り裂き突き進むように、ヒポポブラザーズたちの集団が黒き血のモンスターたちを弾《はじ》き飛ばし、踏み潰し、アンノウンへと迫っていきます。

ヒポポブラザーズたちによって弾かれたものや、元々ヒポポブラザーズたちを避けて進んだ黒き血のモンスターたちが、カリーン様たちの形作る防御陣へと再び迫ってきます。

「ハルハマー師！　良いところに戻ってきたな。これから再び楽しい楽しい迎撃戦だぞ。皆も、早い者勝ちだからな。気合いを入れ直していけっ！」

カリーン様がこちらをちらりと見て、お声がけくださります。そのまま隕鉄の極太の剣を掲げ、皆を鼓舞します。

「イエス、マム！」

皆の返答に合わせるかのように、戦場に野太いドラゴンの鳴き声が響きます。

激しい羽ばたきの音。再び上空へと舞い上がったセイルークでした。

その顎《あぎと》にはすでに障壁が展開され、全身の鱗《うろこ》が輝いています。

「あ、私の獲物……」

そんなカリーン様の呟《つぶや》きが聞こえた気がしましたが、すぐにセイルークから放たれたドラゴンブレスが周囲の光と音を圧倒します。

私たちへと迫っていた黒き血のモンスターたちが、放たれたドラゴンブレスで再び薙ぎ払われます。

えぐれる大地。

巻き起こる砂塵《さじん》。

私がドラゴンブレスの着弾の衝撃波をやり過ごし顔を上げると、セイルークが急上昇していく後ろ姿が上空に見えます。その背後に迫る、アンノウンから放たれた黒い槍《やり》。

そのままセイルークと黒い槍は上空、雲の中へと見えなくなってしまいました。

地上に視点を戻せば、収まりかけた砂塵のなかから、ボロボロのモンスターたちが続々と現れてきます。

「よしよし。良い子だ、セイルーク。ちゃんと威力を犠牲に範囲を広くして、ぶっぱなしてくれたな」

荒々しい笑顔を浮かべ、嬉《うれ》しそうなカリーン様。結界の縁を越えた黒き血のモンスターたちへと駆け寄り、楽しげに剣を振り回しています。

「皆も、カリーン様に続け！」

私も大声を張り上げ、皆へと呼びかけると槍を掲げて目の前の黒き血のモンスターへと躍りかかりました。

私はどうしてもルスト師の方を目で追ってしまいそうになるのをこらえ、目の前に迫る黒き血のモンスターたちへと槍をくり出します。

未来視の魔眼が教えてくれます。

敵の倒れるさまを。

私が槍先に乗せて差し出すべき、死の軌跡を。

ため息が出るほど、それは簡単な仕事でした。セイルークのドラゴンブレスによって弱り、さらにモンスター避けの結界で、敵は一瞬怯むのです。

魔眼がなくても失敗しようがない、完全なお膳立て。

周りを見回しても、皆、緊張感はあれども余裕があるのがひしひしと伝わってきます。

——ルスト師がお戻りになった瞬間から一気に流れがこちらにきました。でも、これだとカリーン様には、物足りないかもしれないですね。

そんなことを考えている間にも、あれほど大量にいた黒き血のモンスターたちの第二波は、気がつけば残り僅かです。

ハーバフルトンの周囲の大地は、真っ黒に染まりました。

「アーリ姉様《ねえさま》、あれ」

いつの間にか、カリーン様の近くから私の隣に来ていたロア。欲求不満になりそうなカリーン様から避難してきたのでしょう。

私は軽くため息をつき、ロアが槍で指し示す先を確認します。

そこでは、アンノウンが上空に向かって次々に黒い槍を放っていました。多分上空を旋回しているセイルークを追うようにして放たれているのでしょう。

――敵がセイルークの対策にばかり力を入れていたというルスト師の分析が通信装置で伝わってきていたけど、本当にセイルークばかり狙っている……。そうか、それを利用して、セイルークは囮《おとり》になっているのね。

私はそれに気がつくと、はっとしてアンノウンの近くへと、視点を戻します。

未来視の魔眼は発動しません。まるでその真っ黒な表面に妨害されているかのようです。

その代わりに、私は見つけます。

大地を駆けるヒポポブラザーズを。

悲しいことに、その数は減っているようです。残っているのは、数頭です。

ルスト師のことですから、多分傷ついたヒポポブラザーズは順次送還しているのでしょう。

その先頭には、私が目を離した間に顕現したのでしょうか、ヒポポの姿が見えます。

ヒポポにまたがったルスト師。ついにアンノウンに触れそうなほど近くまで接近すると、その周囲を回るように、ヒポポは移動を続けています。

遠目に見えるルスト師が、騎上で何かを腰のポーションホルダーから取り出しています。

「あれが、今回の切り札。アンノウンのいくつもの素材をもとに、ルストが錬成した三本一組のポーションだ。スリーカウントと、名前をつけていたな」

そうタウラが教えてくれたときでした。

ルスト師が一本目のポーションの中身をアンノウンへと振りかけています。

その効果は絶大でした。

真っ黒な塊だったアンノウン全体に波紋のような振動が走り、まるで、ほどけるようにその黒いものが紐《ひも》状に変化していきます。

うねうねとうごめく、真っ黒な無数の紐。それはアンノウンの中心部から四方八方に伸びていきます。

「私もよくはわからなかったのだが、ルストの説明では、一本目は結合を解く効果だそうだ。変異種モンスターの内臓部分の構成を分析した結果を応用したのだとか。アンノウンは無数の呪いで編み込まれた紐を、さらに半円状に編み込んだ、呪いの籠のようなものだと言ってた。多分だが」

タウラ殿が淡々と説明をしてくれます。きっと遺跡からの帰りに、二人でセイルークに乗っていたときに聞いたのでしょう。ちなみに私もその説明を聞いてもさっぱりです。しかし、ルスト師が作ったポーションがちゃんとアンノウンに効いていることだけは見てわかりました。

そしてまた、ルスト師が次のポーションを取り出したようでした。

第十話　対峙

「これ、カッコつけて一人で来たのは、失敗だったかも……」

私はスリーカウントの二本目、『逆転』の効果を持つポーションをポーションホルダーから取り出しながら呟《つぶや》く。この二本目は、変異種モンスターの体内の血と、大地を黒く変色させた土の試料を分析して錬成したものだ。

ちらりと後ろを見ると、ハーバフルトンの防衛は順調な様子。

セイルークによる範囲攻撃と、モンスター避《よ》けの結界の利用はうまくいっているようだ。

――とはいえ、一人で身軽な方がいいし。

よそ見をしていた私の足を、アンノウンのほどけた黒い紐《ひも》状の呪いが掠《かす》める。

一瞬の灼熱《しゃくねつ》感。そしてアザのような紋様《もんよう》が現れかけて、消える。

私は、全身にこっそり魔導紋を描いていた。そしてスリーカウントとは別に、その魔導紋に自動でポーションを供給する専用のポーションホルダーをもう一本、腰に巻き付けていたのだ。

呪いが触れる度に、自動で全身を覆うポーションがその傷を、呪いを、消していく。

再び、今度は紐状の呪いが額を直撃するが、再びその痕跡も消えていく。

私の低級ポーションによって。

「これ、本当に効果絶大だ。完全なる純水を使っているとはいえ、単なるありふれたポーションなんだけど、十分すぎるな」

私は額をゆっくりさすると、気合いを入れ直す。

「さて、ヒポポたちが限界かな。皆、ありがとう。《送還》」

スクロールへとかえっていく、ヒポポと残りのヒポポブラザーズたち。

私はそれを見届けると、アンノウンの中心部、呪いの紐が無数に飛び出している根元に向けて歩きだす。

近づくにつれ、私の体へと直撃する呪いの紐の頻度が劇的に上がっていく。

余裕を見て、魔導紋と連動しているポーションホルダーのポーションを新しいものに入れ換えていく。

みるみる消費されていくポーション。しかしリュックサックの中にはまだまだ無数のポーションを詰めてきてある。

その物量で力押ししながら、私はついにアンノウンのコアとでも呼ぶべき中心部間近へと近づくことに成功する。

ここまで来ると半分呪いに飲み込まれているようなものだ。常にポーションが発動し続けている。

私はポーションホルダーの入れ換えの隙《すき》を見て、スリーカウントの二本目をアンノウンのコアへと注いだ。

ポーションを注がれたアンノウンのコアから生えた無数の紐状の呪いが、縮んでいく。

呪いの紐を構成する部品がバラバラになり、泥のようになって一まとまりの塊へと還《かえ》っていく。

――あの呪いの紐を形作っていた編み込み形が、一種の魔法陣と似た効果を発生させていたから、これでセイルークのブレスも通るはず。まあ、そんな簡単に消滅させて終わりなんて勿体《もったい》ないことはしないけど。

私は、このあとの動きを期待しながら注視する。想定通りに進むかは、このあと次第なので。

私の視線の先で、すべての呪いの紐がコアへと戻った次の瞬間、呪いが裏返る。

そう、それは裏返ったとしか表現しにくい、動きだった。無理に例えるなら、まるで裏返った人間の内臓のような見た目に、アンノウンのコアが変貌していた。

「よし。分析した通りだ。あとはこれで、引きずり出す！」

私はスリーカウント、三本目のポーションをポーションホルダーから取り出すと、裏返ったアンノウンのコアへと振りかける。わざわざ無理をし、カリーンたちを危険にさらしてまで採取錬成した三本目。

しかしそのおかげもあってか三本目のポーションの効果は、すぐに表れる。

裏返った内臓のような見た目のコアがモゾモゾと動きはじめる。蠕動運動《ぜんどううんどう》、そのものの動き。

アンノウンのコアは、魔素と呪いのパスで呪術師と強く結び付いているのだ。そのパスを通して、呪術師は例の黒き血のモンスターたちをこちらへと送り込んでいたのだろう。それはアンノウンが生み出されたと思われる例の場所で見かけた、共感呪術と呼ばれているものの応用系、のはずだ。

錬金術で言えば私がローズの蔓《つる》を遠隔地からスクロールを通して部分的に顕在させる仕組みと、ほぼ同じようなものだろう。

その仕組みがわかってしまえば、あとはそれを利用するだけ。スリーカウントの三本目のポーションの作用は、敵の呪いのパスを逆に利用させてもらった、術者の強制召喚。

「いち、に、さん――。来たっ！　セイルークっ！」

私は空を旋回しながらこちらを窺《うかが》っていたセイルークに叫ぶ。

コアの中から、人影が吐き出される。

なぜかうっすらと湿った姿で勢いよく吐き出された人影が、その勢いのまま大地を転がる。

その背後に残されたアンノウンのコアへと空から光が降り注ぐ。セイルークのドラゴンブレスが、すべての防御を剝《は》ぎ取られたアンノウンのコアへと突き刺さり、消滅させる。

私は、コアという逃げ道を処理し終わったことを確認すると、吐き出された人影――呪術師へと対峙《たいじ》した。

「うぇ。ぺっ。ぺっ。いやはや、ひどい目にあいました。まったくここはどこですか？　せっかく、特等席で優雅にお茶をしていたというのにこの仕打ち。まるで神に見捨てられたときのような気持ちですよ」

蜘蛛《くも》の脚のように細い指を地面につき、ゆっくりと体を起こす呪術師。

前に見かけたときは幻影だった。しかし今は本体で間違いないだろう。

コアから吐き出されたときにめくれ上がったフード。その下の顔が、立ち上がったことであらわになる。

それは蜘蛛のような手に比べ、ごくごく平凡な、どこにでもいそうななんの特徴もない男の顔だった。顔だけは普通の人間、そのものだ。

「お前は、魔族なのか?」

私は先ほどアンノウンの周囲を回るように移動していた際に、こっそり地面に撒《ま》いて仕掛けておいたスクロール群をいつでも《展開》できるようにしながら、呪術師に思わず問いかけてしまう。

「魔族! あんな愉快で世話のかかる連中とは違いますよ。いやはや、私は単なる一人の男にすぎませんって。はてはて、こんなことを前にも錬金術師相手に言った気がしますね。そうだそうだ。リハルザム師でしたっけ。あの出来損ない。期待外れもいいところでしたよ。ただただ劣等感と優秀な若手への嫉妬心に凝り固まった、小物でしたね。もっと負の感情を爆発させて、力を手にし、魔王へと至ってくれたら私も気持ちよく終われたのに。で、そうだそうだ、あいつがまだ人間だったときにも聞かれたんでした。何ですかね。錬金術師というのは同じようなことを聞くんですね」

ベラベラと意味のない戯《ざ》れ言《ごと》を述べながら、ゆっくりと指を開いたり閉じたりを繰り返す呪術師。その指先から真っ黒な呪いが溢《あふ》れてくる。溢れた呪いが、刃物のような形をとりはじめる。

私はそれを見て意味のある話をするのは無理と諦める。

「《複合展開》《結合》」

呪術師の周囲に仕掛けておいたスクロール群が次々に浮かび上がり、くるくると開いていく。

「まだねー、終われないいんですよね。私もさっさと終わりにしたいところなんですけどね。まったく因果なことばかりですよ。ほんとにほんとに」

両手を高く掲げる呪術師。呪いが真っ黒なナイフのようになって、その両手に握られている。

「させない！　《リミット解放》全展開中スクロール」

「《連続顕現》ローズ！　《固着》蔓《ポーション》」

ポーションを表面に固着させたローズの蔓が、取り囲むようにして展開している無数のスクロールから、溢れ出す。

その蔓を彩るのは、ポーションの金色の光。

私は腕を振り、ローズへと指示を出す。

その指示通りに、蔓がするすると伸びると、呪術師の両手へと巻き付こうと迫る。

しかしあと一歩というところで、呪術師の振るったナイフによってローズの蔓が弾《はじ》かれる。

再び呪術師に、幾本もの蔓が殺到する。

激しくナイフを振るい、その全てを弾いていく呪術師。

「いやはや、直接戦闘は苦手なんですけどね。ほんとにほんとに」

そんな戯れ言を吐きながらも、どこか余裕がある呪術師。

「うわ、これだけで刃がボロボロじゃないですか。コスパ悪いなぁ。あなたも、だいぶ性格が悪い」

ポーションをまとったローズの攻撃は効果はあるようだ。確かに呪術師の手にした漆黒のナイフはボロボロになったように見える。

「じゃあ、これなんてどうですかね？」

パッと両手に持っていた呪い製のナイフを手放す呪術師。次の瞬間、その両手からは植物の蔓のように漆黒の呪いが伸びる。

まるでローズの攻撃を真似しているかのようだ。

ポーションの金色の光をまとった蔓と、呪いの漆黒の蔓が互いに絡み合い、お互いを引きちぎろうと、せめぎ合う。

「あらま。これでも分が悪いとは。ほんとにほんとに困りますね」

圧倒的な相性の良さによって、呪術師の蔓を徐々に徐々に制圧していくローズの蔓。

ついには呪術師の手にまで到達し、形作られていた呪いが、ポーションの金色の光によってバラバラになって消え去る。

それを見た呪術師が口を開く。

その奥から、黒いものがちらりと見える。私はさせるものかと、再び腕を振る。

呪いが外へと現れる直前、呪術師の顔の下半分を覆うようにしてローズの蔓が巻き付く。きつく締め付けていく。

一瞬、驚きに見開かれる呪術師の目。

しかしニヤリと笑ったかのように見えた。

その全身から、黒い呪いが次から次へと、ポコリポコリと生まれてくる。

それもポーションによって打ち消されていくも、止まらない。

ついには、ローズの蔓を覆うポーションの膜がゆっくりと剥がれはじめる。

私はローズのまだ巻き付いていない残りの蔓を全て投入する。

全身に巻き付いた蔓で、玉のようになる呪術師。それでも呪術師は止まらない。玉になった蔓の隙間から黒い呪いが漏れ出してくる。

私がローズの全ての蔓を投入して、手札を切りきるのを待っていたかのようなタイミングで、それが起きる。

呪術師が手放して落下していた二振りのナイフ。それがくるくると回転しながら地面を滑るように迫ってくる。

――まずい、いま動いたら、呪術師を取り逃がすっ！

私の首を狙って迫ってくる二振りのナイフ。そのときだった。一条の光が走る。

それはタウラの剣閃《けんせん》。

その一振りで、私の首元を狙って飛んできたナイフの一つが弾き飛ばされていく。

そしてもう一つのナイフはタウラの肩へと深々と突き刺さっていた。

「ぐぅっ！　我が剣にかけて、ルストには触れさせません！　神よっ。主神アレイスラよ。積年の復《ふく》讐《しゅう》を果たさんとする、そが僕《しもべ》に力をっ」

肩に刺さったナイフから、呪いが溢れ出す。それがタウラへと侵食していく。その状態のまま、蔓の玉へと駆け寄るタウラ。

「タウラっ！　あのバッ」

呪術師を逃がさないようにしておくために、私は動けない。その間に、タウラは片手で腰だめに構えた剣を、体ごとぶつかるようにして呪術師を捉えた蔓の玉へと突き立てる。

できる子であるローズがその部分だけ隙間を空けたのか、するっと滑り込むように剣は呪術師の体へと潜り込んでいく。

最後の悪あがきなのか、呪術師の体から溢れ出る黒い呪いが、一気に噴出する。

――命を代償に、呪いを加速させている⁉

その呪いがついにローズの表面を覆うポーションの膜を突き破り、ローズへと侵食していく。

私は慌ててローズを《送還》すると、タウラへと駆け寄る。

溢れ出た呪いは、当然タウラへも降りかかっていた。肩の呪いと合わせて、全身に呪いを浴びた状態のタウラ。

その顔面は初めて出会ったときの呪いのアザとよく似た、しかしそれ以上の呪いで、すでに真っ黒だ。銀髪も、ところどころ、黒い斑点のように呪いが浮かび上がり、全身が呪いに侵食されていく。

そんな姿になっても、タウラの瞳は爛々《らんらん》と輝き、何度も剣を突き立てながら何かを囁《ささや》くようにして、呪術師へと話しかけている。

ようやくタウラの元へと到着した私は、リュックサックにしまっていた、ありったけのポーションをその全身へと振りかける。

最高級品のも、低級のも、問わず。

ポーションの放つ七色の光。

それがタウラの全身へとまとわりついていた呪いを流し落としてくれる。

「タウラ、離れろ！」

がくりと膝をつく、タウラ。

とっさに後ろから抱えるようにして、支える。

剣でその心臓を貫かれた呪術師も、ばたりと後ろ向きに倒れる。

「タウラ、無茶をしたな」

「ごほっ。すまない、ルスト。ルストが無事でよかった。私は、どうしても。私の、この手で……。こいつに殺され、弄《もてあそ》ばれた方たちの無念が晴れない――」

「わかった。無理にしゃべらなくていいから。これを飲んで」

「すま、ない」

私が口元へ差し出したポーションを飲むタウラ。

私はタウラから離れると、倒れた呪術師へと歩み寄る。念のため採取用の手袋をはめ、《転写》のスクロールを取り出し展開すると目の前の倒れた男の状態を確認する。

「死んでる、な。どういうことだ。本当にこいつはただの人間だ――」

「どうだ？　ルスト」

カリーンたちが駆け寄ってくる。

私はカリーンの方を振り返ると、とりあえず疑問は飲み込み、決着がついたことを伝える。

「ああ、呪術師は倒した。タウラのお手柄だ」

「そうか」

私の飲み込んだ疑問に、どこか気がついた様子のカリーン。しかしカリーンは優先すべきことをしっかりと優先する。

「みな、聞け！　敵の首領は、救国の英雄にしてカゲロ機関長たるルスト師と女神アレイスラが騎士タウラによって倒されたのだ！　ハーバフルトンは救われたのだ！　諸君らの奮迅に感謝を」

漆黒の剣を天に掲げ、戦場中に響き渡る声で勝利を宣言するカリーン。

それに応えるようにして、その場に居合わせた人々から、歓声が上がった。

そして歓声が、悲鳴に変わる。

それはカリーンのもの。

続いてロアと、アーリの悲鳴。

そして、タウラの悲鳴混じりの、怒声。

普段、悲鳴など上げない面々の声に、何があったのか首を傾《かし》げる。

するとふと、目に入る。

私の腹部から剣の刃《やいば》が突き出ていた。服の内ポケットにしまっていた羅針盤が、空いた服の隙間からポロリと落ちる。上を向いて地面に落ちた羅針盤の針は、とても激しく回転している。

そこでようやく、灼熱感が走る。

腹が、まるで燃えるようだ。

突き出た刃には呪いの紋様が浮かび上がっていた。

――これは、呪術師に刺さったままだったタウラの剣、か。そうか、自分の命を代償に剣に呪いをかけて、近づいた人間に突き刺さるようにしていたのか。最後まで性悪な罠《わな》を……。

私はポーションホルダーを探る。

「ああ。全部、使っちゃったっけ」

力が抜けていく。ガクッと膝をつき、そのまま横倒しに体が倒れていく。

ちょうど倒れた視界に、こちらへと走り寄ってくる仲間たちの姿が見えた。

「剣に……素手で触っちゃだめ、だ……」

うまく声が出ない。ちゃんと聞こえたか心配になりながらも、それを圧倒する、迫り来る強烈な寒さと眠気。

そのあまりに強い眠気の誘いのままに、私は意識を手放してしまった。

◆◆◆

ふわふわとした感覚。私は辺りを見回す。
灰色の世界。
上も下もないその世界に、ただ無数の白い線が走っているのが見える。
それぞれの線は平行に走り、それに直行するようにもたくさんの線が走っている。
《なんだろう、ここは？　私は一体どうなった？》
声が出ない。

《ふーむ。体がないな。死ぬ間際に見るという夢か？　だとすると、なんとも味気ない夢だな。もう少し何かあるだろうに。せめて錬金術で何か作っている夢にしてくれればいいのにな。移動も、できないか》

動こうとしても、無数に走る白い十字の線があるだけで、視線は変わらない。

そのときだった。

急激に世界に何かが溢れ出てくる。一気に世界が色づく。

世界に床が現れ壁が出来る。

室内のようだ。そしてそこに、いつの間にか人影があった。

気がつけば、いつもの自分の体が戻っている。

しかし、その場から動くことができないまま。

《手は動くか。うん？　なんだろうこれ。見たことのない装飾品だ》

私が持ち上げた左腕に、二本のチェーンブレスレットが巻かれていた。一つは銀色に輝き、剣と盾と翼をあしらったトップがついている。チェーン自体もかなり太い。そのすぐ横に、白い極細のチェーンブレスレットがもう一本。そちらのトップはスカルをあしらったもののようだ。

不思議に思っていると、目の前の、ぼやけていた人影が徐々にその姿をはっきりとさせていく。

その身にまとうローブは闇のように黒い。いや、端々がほどけ、ぼうっと空間に溶け出しているようだ。まるで、闇そのものをローブとしてまとっているようにすら見える。

その顔はどこかで見たような、どこにでもいそうな特徴の欠落した顔。意識がないのか、その瞳に光はなく、表情も全く動かない。少し違和感があるが、呪術師、だろう。

その場から動けない私。どうしたものかと目の前のその男を眺めていたときだった。

無表情の男のまとうローブが溶けるようにして広がると、私の足元へと迫る。私の体を這《は》い上がってくる、それ。

そのまま、私と、目の前の男の両方を包み込むようにしてまとわりついてくる。

《このまとわりついてくるの、やっぱり呪いだよな。肌触りは、そのまんま、布だけど》

私は唯一動く両手を振り、まとわりついてくるものを振りほどけないか、試してみる。

触れるだけだと手応えがあるのに、勢いよく振りほどこうとすると、するりと手がすり抜けてしまう。

バラバラの闇に一瞬変化した、その呪い。そしてまた再び布のような質感に戻ってくると、私の体へとまとわりついてくる。

《だめかー》

そうしているうちに、ついに私の首元まですっぽりと、その呪いが包み込んでしまった。

するとその時、無機質な壁と床が急に変わった。まるで場面の転換が起きたかのようだ。

目の前に現れたのは、どこかの平原。

私は相変わらず真っ黒な呪いに包まれたままだ。じわりじわりと速度を落としながらも、布状の呪いが首元から顔へとのびてくる。

しかしその呪いで一緒に包まれていたはずの男の姿が、見えない。

《いや、いた。うん？　なんだろう。生まれたばかり、なのか》
目の前の平原に立つのは確かにあの特徴の全くない男だ。背格好も変わらない。しかし、どこかあどけない印象すらある。
《――最初の記憶――》
私のものではない、思考が混じる。
《これは、呪術師の記憶か？　ああそうか。繋《つな》がった呪いを通じて、流れ込んできているのか。そうかそうか。ここが呪術師が生まれた場所なのか。懐かしい、というこの気持ちも呪術師のものか》
私の目の前でうろうろと周囲を見回している男。見知らぬ世界に不安そうだ。
《――一人きり。他のＮＰＣ《ノンプレイヤーキャラクター》はまだ誰もいない――》
《呪術師って、神に直接作られたのに、使命と呪術のスキルを刷り込まれただけで、捨てられたのかー》
私は流れ込んでくる呪術師の記憶とも意識とも言えそうな混濁気味のモノの表層を、読むとはなしに読んでいく。
大して興味はわかないが、やることもなくて暇なので。
《このまま意識を流し込んで、精神から同化させていって、最後に一気に私の体を物理的に乗っ取るつもりね。うーん。困ったな。どうにもならなそうだ》
記憶とともに呪術師のかけた呪いの狙いも読み取れる。どうやら死んでも、呪術師は他者を乗っ取れるようだ。ちょうど今がそのプロセスの最中らしい。

とはいえ、私にはできることもなく、あまり焦った気持ちにもならない。すでに侵食されているからかもしれないが。

《――特に有望な八名のプレイヤーが、ログインしてくる――魔王へと至る者を育てよ――対の存在たる勇者を、打ち倒せ――》

《これが神《サーバー》とやらに植え付けられた呪術師の使命なのか。ふーん》

こんな取り留めもないものに数千年近くも束縛されていたのかと思うと、関心はわかないながらも少しだけ哀れに思えてくる。まあ、それも意識の同化のもたらすものにすぎないのだろう。

そうしているうちに、ついに呪いの布が私の顔面を全て覆い、すっぽりと包まれてしまう。

完全な闇だ。

その闇の中、現れたのは呪いで出来たローブを完全に外した姿の呪術師だった。

表情は相変わらず、すっぽりと抜け落ち、目の焦点も合ってはいない。

まるで、何かに操られているかのように、ぎこちない動きで近づいてくる呪術師。

そして、その蜘蛛の脚のような手を振りかぶると、ぽっかりと開いたままの私の腹の穴へ突き立てた。

次の瞬間、呪術師の手が、燃え上がる。

その火はすぐさま腕を伝わり、呪術師の体全身へと広がる。

《ああ。そういやアンデッドドラゴンに散々肉が薬臭いって言われてたけど、呪術師に効くほど薬効が残っていたのか……。これは少し、ポーションの飲みすぎには気をつけた方がいいかな》

まだ同化しかけた意識で、そんなことを思っていると、私を包んでいた闇にひびが入りはじめる。

ひびの隙間から差し込んだ光が私の左腕に当たり、急に左腕の二本のチェーンブレスレットが輝きだす。

そしてその輝くチェーンが、なぜかするすると伸びはじめる。

二本のチェーンが、上へ上へと伸び、ついには闇を突き抜けていく。

その伸びたチェーンの放つ光で、闇が急激に縮小していく。どんどんと小さくなり、ついには手のひらより小さいぐらいのサイズの真っ黒な立方体になる。

それが《ボックス》に似ているように見えた私は、なかば無意識に右手でそれをひょいっと掴《つか》んでしまう。

ぐいっと左腕が引っ張られる。

上方へ伸びたチェーンに、左腕ごと体が引っ張られていく。急激な勢いで、体がそのまま上へと移動していった。

◆◆◆◆

「いててっ」

私はとっさに左腕を押さえる。

「ルスト！　よかった。わしの持っていた予備のポーションを使って傷を塞《ふさ》いでも、全く目を覚まさないから、もうだめかと思ったぞ」

心配そうにこちらを覗《のぞ》き込むハルハマー。

その後ろにはカリーンにタウラ、アーリとロア、セイルークと皆が揃《そろ》っていた。

「ああ。戻ってきたのか」

どうやら私が腹を刺されて倒れた場所のすぐ近くのようだ。少しぼおっとしながらゆっくりと腹を撫《な》でると、確かに傷はすでに塞がっている。その代わり、左腕から出血していた。まるでセイルークと契約したときにつけたのと同じような傷があった。

——ああ、セイルークたちがどうにかして、呼び戻してくれたのか。あのブレスレットはそういうことか。

そのときだった。皆が口々に話しはじめる。あまりにいっぺんに、わっと話されてうまく聞き取れないが、どうやら皆、心配してくれていたようだ。

「話すのは少し中止だ！　ルスト、何があったのか覚えているか？」

私がどうしようと目をぱちくりしているのを見てか、ハルハマーが皆を止めてくれた。さすが年の功、頼もしい。

「ああ。記憶は大丈夫だ。みんな、心配をかけてすまない」

私は謝りながら体を起こそうと右手を地面につく。

手のひらに感じる、不思議な感覚。

ちらりとそちらを見ると地面との隙間に、何か黒いもやのようなものが見える。

とっさに右手をぎゅっと握りしめる。

黒いもやが、消える。

私はなに食わぬ顔を取り繕うと、そのまま右手を開かないように注意しながら立ち上がる。

そしてまだ心配そうにこちらへと話しかけてくる皆を安心させようと、明るい声で返事をしていった。

◆◆◆◆

深夜の研究室。

私はあり合わせの材料で作った右手の手袋を外すと、ゆっくりと手のひらを開く。

「この状態だと、大丈夫か」

腹を剣で貫かれ、危うく呪術師に乗っ取られそうになってから、はや数日。

ようやく落ち着いた。

この数日は、ばたばたと忙しかった。

昨日などは、カリーンからはハーバフルトン防衛の功績を称《たた》えられ、民意高揚のためのパレードに駆り出された。

セイルークにまたがり、英雄と持ち上げられて、着飾っては手を振り続けるという、なかなか晒《さら》し者的なお仕事。

まあ、皆が笑顔なことが唯一の救いだ。それにその分、特別賞与は貰《もら》ったし。

そして明日には、正式な領都の発足式が控えている。私はセイルークに乗っていくので現地入りは当日でいいのはありがたい限りだ。

そんなこんなで、ようやくこの右手のことを調べられる時間が出来たのが、今というわけだ。

「やっぱりこれって呪術、だよな」

私は実験用に用意した魔石を一つ、右手で握りながら呟く。

右手からこぼれ出た呪いが、まといつくように魔石を包み込む。

いっとき、呪術師の意識を流し込まれていたせいか、それに付随して色々な情報も私の意識の中に入ってきた。

そのうちの一つに、呪術についてのものもあったのだ。そのため、なんとなく呪術の使い方がわかる。

――あのとき、手にした『ボックス』に見えた何か。あれがこの力を手に入れた原因だよな。どう考えても。

同じように準備した魔晶石を握るが、こちらは呪いが弾かれてしまう。

――錬成したものには、呪いが非常にかかりにくくなるのか。呪術師が錬金術を嫌がるわけだ。

私は再び魔石を手に取る。

手にすると、どのくらいまでの呪いが付与できるか、自然とわかる。

私は物は試しと、呪いをかけてみる。

――紋様は、と。なるほど。いくつもの紋を重ねて、発現する呪いの内容を決めるのか。少し魔導回路に似てるけど、こちらの方がなんとなく文字的な雰囲気だな。

私は新たに手にした知識をもとに簡単に魔石を呪ってみる。

そうやって魔石に刻んだ紋様は、まるで翼のような形をしていた。

軽く力を入れて、出来たばかりの呪われた魔石を投げ上げる。

手を離した瞬間、発動する呪い。

魔石は空中でふわりと止まると、そのまま落ちることなく空中にとどまり続ける。

しかしそれも長くは続かない。魔石に含まれた呪いのもととなるもの。それが徐々に消費されていくのだ。

これが呪いの最大の特徴。呪われたモノの『ポイント』を消費して、発動するのだ。

どうやらこの世界のモノは、多かれ少なかれ全て『ポイント』を持つようだ。

そしてその『ポイント』がなくなると、こうなる。

目の前の呪われた、ちょうど『ポイント』が枯渇した魔石が落下する。

そのまま床にぶつかる直前、煙のようなものを出して、魔石は完全に消えてしまった。

「なるほどな。うん、これはやっぱり慎重に調べていかないとだな」

私は外した手袋を手に取ると、隠すようにして再び右手につけたのだった。

番外編

領都発足式

「あ、寝るの忘れてました……」

気がつけば外が明るい。ここでのカゲロ機関の管理を、憧れのルスト師より任されたシェルルールは、昼間は管理業務に追われていた。

その仕事ぶりは、ルスト師や周りからは十分に評価されていたが、向上心に満ちたシェルルールは自主的に錬金術の研鑽《けんさん》を続けていたのだ。主に夜間に。

元々が凝り性のきらいのあるシェルルールは、最近ではこのように寝るのを忘れて、夜通し錬金術にのめり込むことがしばしばあった。

ぼーっと、窓の外を眺めていたシェルルールがはっとした様子で、慌てて錬成用の金属トレイで自らの顔を確認する。

少し歪《ゆが》み気味の自分の顔を見て、声にならない悲鳴を上げるシェルルール。

「ああっ。今日は発足式でルスト師がいらっしゃるのにっ」

トレイに映ったシェルルールの顔は徹夜明けで少しむくみ気味。錬成素材の反応を凝視していた目も血走っていて、目の下にはクマまで浮かんでいた。

「こ、こんな顔じゃルスト師の前に出られませんっ」

金属トレイを持ったまま、イブの計らいでカゲロ機関の部屋のすぐ近くに用意してもらった自室に走り込むシェルルール。

ルスト師から頂いた収納が拡張されたバッグに手を突っ込み、こういうときのために秘蔵していたポーションを取り出していく。

「うう、残り少ないです。でも仕方ありません。また、頑張って錬成しましょう」

取り出したポーションのうち、中くらいのサイズの瓶からまずは手に取る。内容液が手に触れ成分が変質してしまわないように慎重に、ガーゼにポーションを垂らしていく。

特殊な瓶の形状で数滴ずつ滴り落ちるポーション。それをガーゼにきっかり三滴垂らしたところで、金属トレイで自分の顔を確認しながらガーゼを目のクマに沿ってゆっくりと動かしていく。

ガーゼに浸透したポーションが肌に触れた部分が、スッと冷やされていく感覚。目の疲労すらも拭《ぬぐ》い去られていくかのようだ。

ガーゼが通り過ぎた後には、すっかり目のクマが消えていた。

同じように三滴垂らし、反対の目のクマも消すシェルルール。ちょっと徹夜しただけでクマが出てしまう体質のシェルルールにとって、ルスト師から作り方を教わったこのクマ取りポーションは、至宝の一品だった。

「うん、ばっちりです。ルスト師に頂いたレシピ、そして何より錬成素材と純水は、いつも本当に桁外れです。ボクも素材錬成をもっと練習しないとな――」

シェルルールは先日見学した、ルスト師の練達した錬成姿を思い返してぼーっとしかける。ルスト師のそのときの錬成はシェルルールにはとてもとても――そう、美しく見えていた。

——どこまでも無駄のない所作。

——そしてまるで呼吸するかのように自然に、いつもの穏やかな表情で、難しい錬成を易々《やすやす》とこなされていて。

——何よりもルスト師の錬成って、拝見しているだけで新たな錬成の可能性をボクに次々に思い浮かばせてくれる。

——あれこそ、まさに理想の……

「あっ！　時間っ」

そこで妄想から我にかえる。時間がないことを再確認すると、シェルルールは急いで残りのポーションを使用していく。

最も小さいサイズのポーションから溶液を数滴、両目に垂らす。さっと目の充血が取れていく。じんわりと温かく感じる瞳。いつもならその気持ちよさを堪能するのだが、今はその一瞬も惜しい。急いで次に、最も大きなサイズの瓶のポーションを手に取る。これは他のものより粘度が高い。ほぼジェル状になっているそれを、両手で広げると顎《あご》の下からリンパを流すようにしてシェルルールは自身の顔に塗り広げていく。

ジェル状ポーションをつけた手でのひと撫《な》でごとに、目に見えてシェルルールの顔からむくみが取れていく。納得ゆくまで丹念に、しかし手早く顔のマッサージをしたところで、金属トレイを上下左右に動かしながら自分の顔を確認するシェルルール。

「よし、うん。いいですね。あとは服を着替えて……」

そこで、たらりと冷や汗が流れる。

慌てて、竹製のクローゼットを確認していく。正規の錬金術師の制服は全て着用した後で、洗濯がまだだった。

「仕方ない、ですね。今日はそもそも、ハレの日。ちょっとぐらいおめかししてもバチは当たらない、ですよね……」

そう自分に言い聞かせるようにして、シェルルールはクローゼットに唯一残っていた服を取り出すと、身にまとう。普段あまり着ないタイプの凝った作りのそれ。本日の厳かな式に着ていくにはやや派手すぎるきらいはある。とはいえまともに着られる服が他にはないという自分自身への大義名分がある。そうして、着慣れないが故に手間取りながらも、無事に身にまとうと、最後に金属トレイを机の上に立てかけるように設置して、数歩後ろに下がりながら全身を確認する。普段の錬金術師のローブに比べて、若干、露出が多い。

「うん、いいんじゃない、ですかね、多分。……なにか、ルスト師に言われちゃう、かな」

不安と期待のこもったそんな呟《つぶや》きを残して、シェルルールは急ぎ部屋をあとにした。

◆◆◆

「さあ、皆さん。ルスト師がお戻りになるまでに準備は完全にしちゃいましょう」

「はーい」

「かしこまりました。代行」

「もう、代行だなんて。シェルルールでいいですよ、コトハちゃん」

「だめです、代行。公私のけじめはしっかりつけなければ。代行はあのルスト師から直接この街のカゲロ機関の責任者に任命されたんです。とても名誉なことです。当然、呼び名もしっかりとしたものでなければ」

そう、優しく諭すようにシェルルールに話しかけてくるのは、カゲロ機関の錬金術師でシェルルールより少し年上の少女であるコトハ。シェルルールから見て、コトハは同じ時期にカゲロ機関に所属した同期のような存在。二人はそのときからの付き合いで、今では気の合う友人でもあった。

「はーい、コトハちゃん。それで会場の様子はどうでしたか」

シェルルールは自分の執務室へとコトハを伴い戻ってきたところで質問をする。

今回の発足式の会場も当然イブの竹製の建物だ。そしてその建物自体はカゲロ機関、特にルスト師から責任者としてイブに対する権限の一部を委託されているシェルルールの管轄であった。

当然、その会場となる建物は事前にイブに依頼し、建設済み。ただ、なにぶんイブ製の建物を式典の会場として使用すること自体が初めてなのだ。会場内部を管轄するアドミラル領の文官たちとの細やかな折衝が必要不可欠であり、それについてはコトハが引き受けてくれていた。

「昨日までに修正いただいた以上の要望は出ませんでした。私が見せていただいた部分ではすでに会場内の準備も完了しておりました」

「それは何よりです。イブさんに式直前にお願いして、今から建物の構造を変化させることになっていたらと……想像したくないですね」

「まったくです、代行」

そう言って、安堵《あんど》感からかくすくすと笑い合う二人の錬金術師の少女。これでカゲロ機関としては最大の懸念点だった部分が無事に完了した形になる。

その安堵のせいか、シェルルールのお腹が可愛く鳴る。

「代行、またお食事は取られてないのですか？」

「いや、その……」

誤魔化そうとしたところで再びお腹が鳴る。可愛らしくも、より大きな音で。

「いま、軽食をなにか用意させましょう」

「そんな、悪いから。ボクが自分でなにか買ってくるよ」

「発足式とはいえ、通常業務がなくなるわけではありません。こちら代行の決裁の必要な書類です。今のうちに確認しておいてください」

「はーい」

そう言って、手早く書類に目を通していくシェルルール。その様子には手慣れた雰囲気が出ていた。どこぞの事務仕事の苦手な領主様とは対照的だ。

そうして決裁を全て処理したタイミングでコトハが戻ってくる。どうやら用意してくれた軽食は二人分ある。

「わー美味《おい》しそう。ちょうど終わったよ」

「それはよかったです。はい、こちらお飲み物です。ルスト師の新作に似せてみました」

「え！　これ、コトハちゃんの錬成品なの。それは楽しみです——美味しい」

「ありがとうございます。ちょっと自信作でした」

そう言っておすまし顔をするコトハ。公私のけじめをしっかりつける彼女が冗談めかしているので、今はプライベートの友人として接してくれている、ということだろう。

「それにしてもシェルルールちゃん、いくらルスト師に憧れているからって、ご飯を抜くところまで真似するのはやりすぎよ？」

シャルルールの想像通り、いまはプライベートな方の時間のようだ。コトハのお小言の言葉遣いが砕けたものになっている。

「ごめんなさい。でもわざとじゃなくて。ちょっと朝は身だしなみに時間がかかっちゃったんです……」

「たしかに。ずっと気になってたのよ。いつにもましてお肌がつやつや、瞳も澄んでるのよね。もしかしてポーションなの？」

「あ、わかる？　そうなの。ルスト師が特別に作成してくれたレシピがあって。ほら、ボクって目の下にクマが出来やすい体質でって言ったら——えへ」

「ふーん。服も気合いが入っているし。……ルスト師がお戻りになるものね。おめかししなきゃだね」

そんなたわいもない会話を交わしながら、二人して軽食を取る。それはシェルルールにとっては忙しくなる前の短い憩いの時間だった。

◆◆◆◆

「セイルークさんの着陸場所、確保開始してっ！」

「東側、大丈夫です！」

「西側、あと少し……大丈夫です」

ルスト師がハーバフルトンを出立するタイミングで送られた通信装置による連絡。そこから概算で算出したルスト師の到着予定時刻に合わせ、カゲロ機関の建物正面の広場で、機関員たちがバタバタと動き回っていた。セイルークが着陸する場所を機関員たちが確保していたのだ。

特に先日の避難の形を取った住人の増加にともなって、この街の中心部に位置するカゲロ機関周辺は人や錬成獣の往来が激増していた。前のようにセイルークが自由に着陸するのも難しくなってしまっており、こういった形で場所取りをしているのだ。

この場所取りの全体の指揮はコトハが行っており、シェルルールは出迎えに向けての準備を整えて待機しているところだった。

——ルスト師に直接お渡ししなければいけない書類はすべて揃《そろ》っている。口頭での報告も、大丈夫。ちゃんと頭に入っています。

そんなことを考えながら、自らの髪を撫でつけるように何度も触れるシェルルール。

「着陸場所、確保完了。セイルークさん用のポーションは？」

「準備できています」

「了解。代行、あちら。見えました」

「っ！　はい、ありがとうコトハちゃん」

空に点がひとつ。それがみるみる大きくなってくる。

あっという間に近づいてくると、そのまま降下。そして確保した着陸場所にその巨体を収めるセイルーク。

とてもなめらかな着地で、巻き起こる風すら穏やかだ。完全に着地し翼をたたむセイルーク。その身を屈《かが》めた背中から軽やかにルスト師が下りてくる。

——え、ルスト師、ですよね。うん、ルスト師です。どうして変に感じたんだろう……。あ、そうか。ルスト師はいつもセイルークさんから下りるときは尻尾に乗って慎重に下ろしてもらっていたんだ。どうして今日は違うの……？

シェルルールが覚えた違和感。しかしすぐにシェルルールはそれを心の奥にしまい込むと、自身に課せられた仕事を優先する。

「おかえりなさいませ、ルスト師」

「ただいま。シェルルール。留守の間、ありがとう。素晴らしい手腕を発揮してくれたみたいだね。ここのカゲロ機関をしっかり導いてくれてありがとう」

穏やかな笑みを浮かべ、労《ねぎら》いの言葉を伝えてくるルスト師。

——褒められましたっ！　やっぱり、いつものルスト師だぁ。相変わらずカッコいいなぁ……

シェルルールはそんなことを考えているなんてまったく一欠片《ひとかけら》も表情には出さずに、てきぱきと返答していく。

「そんなっ！　ボクなんて大したことありません。ルスト師こそ、大活躍されたと伺っております。お怪我《けが》は、もうよろしいのですか」

「ああ。ぴんぴんしているよ」

そう言って自身のお腹の辺りを軽くさするする仕草をするルスト師。その右手には、見たことのない手袋。

——あれは、いつもの採取用の手袋ではないみたいです。何かしら。かなり高度な錬成品に見えるけど。かっこよくて似合ってはいるけど、どうして片手だけ？　合理的なルスト師なら、おしゃれのためってことはないはず……。

ルスト師の細かな変化を目ざとく見つけ、そっと心の中にある専用の映像保管場所にそれをしまい込みながら、表面上は何も気づいた素振りを見せずに話を進めていくシェルルール。

「それは何よりです。早速ですが、こちらが最優先のご確認いただきたい書類です。また、簡単にご不在の間のご報告を。その後、今日の発足式についてカゲロ機関で打ち合わせの後、カリーン様を交えた最終打ち合わせにご出席ください」

そう言いながらシェルルールの差し出した書類を受け取ると、早速、歩きながら目を通しはじめるルスト師。その足取りもいつもより軽やかだ。

先日大怪我をしたとは到底思えない身のこなし。

——本当に回復なされているみたい。でもなんだか所作が前のルスト師と少し違うような……。

そう、ルスト師のいつもの足音とリズムが違うような……。

胸の奥にしまい込んだはずの疑問が再びふつふつと湧き上がってくる。それはほんの僅《わず》かな違和感。

書類の持ち方。

歩き方のくせ。

そしてほんの僅かな、表情を浮かべるタイミングの変化。

それらはカゲロ機関に所属して以来、ずっとルスト師のことを見つめ続けてきたシェルルールだからこそ覚えるような違和感だった。

「うん、よくまとまっている。なにからなにまでありがとう、シェルルール。今日使うカゲロの苗は？」

歩きながら途中まで確認したタイミングで声をかけられ、はっとなるシェルルール。

——またです。

普段であればルスト師は、書類を最後まで確認してから声をかけてくるのだ。そのため、僅かにシェルルールの返答が遅れてしまう。

「——最高のものを複数、準備しています。最後にルスト師にお選びいただけたらと。各苗の分析結果については最後の追加資料の中に——」

「うん、たしかに。完璧な仕事ぶりだね、シェルルール。データ上はどれでも問題ないレベルだ。これは後で実物を確認させてもらうね」

「予定に組み込み済みです。イブさんの部屋にございます」

「さすがだね。私がイブの確認に行くのはお見通しか」

苦笑気味に褒めてくれるルスト師。その笑みはよく、ルスト師がシェルルールを褒めてくれるときに浮かべてくれるものだった。

——やっぱり、ルスト師はルスト師です。だとすると、呪術師からお受けになられたという怪我の影響？　まるでほんの一部だけ、別の人格が混ざり込んでしまったかのような……。

観察と想像だけで事実のかなり近くまで到達するシェルルール。それは錬金術師としての彼女の才覚の証《あかし》でもあった。

◆◆◆◆

「イブ、『起きて』」

イブの眠るこの街の中心たる場所まで同行してきたシェルルール。本当は遠慮することも考えたのだが、ルスト師から当然来るよね、とばかりの表情で誘われて、のこのこと喜び勇んでついてきてしまっていた。

それでもしっかりとわきまえなければと自らを戒め、邪魔にならないよう部屋の隅で待機するシエルルール。しかしその視線は、ルスト師の一挙一動を見逃さないように全神経を集中していた。そんな視線を知ってか知らずか、ルスト師はイブを起動させると、不在の間の情報をイブから読み取っているようだ。

——すごい、そうか。そういう手もあるのですね。錬成獣に蓄積された街自体の記録を《転写》のスクロールで一気に把握されている……。なんて、効率的な。ボクの用意した報告が馬鹿みたい。

そこまで考えて、自分の間違いにすぐに気づき、こっそり首を振るシェルルール。

——ちがうちがう、そうじゃないんだ。複数の視点からの報告なのが大事なんだ。そう、錬金術と一緒。多角的な分析を経て、より真実に近づいていく。ルスト師がいまなされていることはまさにそれなんだ。

「ごめん、おまたせ」

ルスト師が再び眠りについたイブの元からボクの方へと戻ってくる。

「これが、用意してくれたカゲロの苗、だね。うん、どれも状態はいいね」

そう言いながら、じっくりと六つあるカゲロの苗を見比べていくルスト師。シェルルールはその様子をじっと見つめる。

実は用意されたカゲロの苗のうちの一つはシェルルールが準備したものだ。自分では他の誰にも負けない最高のものを用意したという自負がこっそりとある。一つ一つ、葉の状態、魔素の通りを確認していくルスト師。

息をひそめるようにして、シェルルールはルスト師の選択を見守る。

――次のが、ボクのだ。

そのまま、シェルルールの用意したカゲロの苗を確認し、次の苗へと移るルスト師。

ちょっとしたショックを押し隠していると、最後までしっかりと確認したルスト師がシェルルールの元へ戻ってくる。

「あれにしよう。葉の状態は他にいいのがあったけど、魔素の通りは抜群だ。この街にはあれがぴったりだと思う」

そう言いながら指さしたのはシェルルールの用意したカゲロの苗だった。

「はい、ルスト師」

思わず、返事をする声が弾んでしまう。少し不思議そうな表情をして、すぐに笑みを浮かべてくれるルスト師。そのまま、ルスト師はもうまもなく開始される発足式の最後の打ち合わせのため、カリーンの元へと向かっていった。それを見送ると、シェルルールは自分でも少し舞い上がっているのがわかりながらも、選ばれたカゲロの苗を発足式の会場に移すように手配をかけるのだった。

◆◆◆

「代行、ここでいいのですか。代行であれば壇上に上がってもいいと先ほど進行役の方がおっしゃっていましたよ」

「よいです。ボクはここまで一緒に頑張ってきた皆と一緒にここから見たいです」

ついに発足式が始まろうとしていた。事前準備を余裕をもって済ませたカゲロ機関の面々はひとかたまりとなって会場の客席にいた。そこで、ばたばたと直前まで準備に追われている他の部署を高みの見物をしているところだった。

そんな一団の中に、シェルルールもいた。そのシェルルールに壇上の席を勧めたのはコトハだった。実際、シェルルールの肩書とカゲロ機関での活躍を鑑みると、壇上で座っている方が収まりがいいのは確かだった。

ただ、アドミラル領自体が若い領であり、カリーンも格式に確固たるこだわりの薄い性格ということもあり、そこらへんは融通が利くのだ。

シェルルールは他のカゲロ機関の機関員たちに告げた理由を発足式の運営側にも伝えており、了承を得ていた。

ただ、その本心は、特等席でルスト師の壇上での晴れ姿を眺めていたいというものだった。

——壇上にいると、ルスト師の後ろ姿しか見えないです。そんなの、耐えられません。

「あ、始まるようですね」

司会係の挨拶とともに発足式が開始される。

そのときだった、どこからともなく音楽が流れてくる。発足式にふさわしい、静かでそして荘厳なメロディ。

「え、楽隊ですか？」

「いえ、聞いていません」

「楽隊が来ていたのであれば、音響効果を高めるように会場の補正依頼が運営側からあったはずです」

「飛び入りでしょうか」

ざわざわとざわめくカゲロ機関の面々。驚きも当然といえた。こんな辺境の地で楽隊を招こうとすればカゲロ機関にも当然協力要請の一つや二つは出ていなければおかしい。しかし、それらしき依頼は一切なかったのだ。

「この素晴らしさ。そして突然の驚き、これはルスト師に間違いありません」

他のざわめく機関員たちに神託を告げるように確固たる自信をもって告げたのはシェルルールだった。それは根拠などない、ただの勘。しかし、ルスト師の仕業以外には考えられないのも事実。

そしてその神託めいたシェルルールの言が正しかったことがすぐさま証明される。

音楽に合わせて壇上に上がってくるアドミラル領の重鎮に、主要メンバーたち。その中でもカリーンの次に登壇してきたルスト師の肩には、一匹の見たことのない錬成獣が乗っていた。

「あれ」

「錬成獣ですね」

「初めて見ます」

「植物型ですね。あれは蔓《つる》の一種かしら」

「あの錬成獣が音楽を奏でているのね」

「すてき……」

ルスト師の登壇とともに登場した錬成獣。

「多分、もとはヤハズエンドウだと思うのだけれど……もしかして複数の種類を？　そんなことが可能なの？」

その光景を見て呟いたのは、錬成獣に造詣の深いコトハだった。どうやらコトハの見立てでは、そのルスト師の肩の錬成獣は、複数の植物をかけ合わせて錬成されたもののようだ。そんなことが可能だとは、シェルルールは全く知らなかった。

ルスト師が壇上の席につくと、舞台の奥に移動していくヤハズエンドウ。そしてその体がどんどんと成長し、舞台の奥の壁を覆うように繁茂していく。その成長に合わせ音楽が重厚さを増していき、盛り上がりが最高潮に達した瞬間、音楽が止まる。

一瞬の静寂が訪れる。

皆の注目が全て舞台に集中したタイミングで、壇上で立ち上がったカリーン。

そしてカリーンによる開会の挨拶が始まった。


アドミラル領の領民、そしてハーバフルトンの者たち、さらにはこの新たな都市の設立に携わった全ての者たちへの感謝から始まったカリーンの演説。

その演説の背後で静かに流れるのは、ルスト師の錬成獣の奏でる音楽。

どうやら話の盛り上がりに合わせてルスト師が錬成獣に細かく指示を出しているのが、シェルルールには見て取れる。

――すごい。綺麗《きれい》な音楽。ルスト師がこんなにも音楽に造詣があるなんて。カリーン様の演説を邪魔することなく、絶妙に盛り上げるように奏でられているみたい。

感心しきりのシェルルール。そうこうしているうちに、カリーンの話がついにルスト師とカゲロ機関にも及ぶ。カリーンから最大級の賛辞をもって感謝を伝えられるルスト師。そしてすぐにカリーンはカゲロ機関の面々に視線を向け、一人一人を労うように語りかけてくるのだった。

その様子に、シェルルールの周りのカゲロ機関の機関員たちはみな、感極まった様子でかしこまっている。

当然、それはシェルルールへも向けられた賛辞だ。しかし、シェルルールは素直にそれを受け取れなかった。もちろん、カリーンに思うところがあるとか、賛辞の言葉に気になる点があるとか、そういうわけではない。

ただ、気がついてしまったのだ。

きっかけは音楽の僅かな綻《ほころ》び。ルスト師の錬成獣の奏でる完璧に聞こえる音楽には、僅かに音が外れていたり、リズムがズレているときがあった。

それは本当に僅かなもので、他の誰も気にしている様子はなかった。しかし、シェルルールの耳は聞き分けてしまったのだ。

錬成獣に指示を出すルスト師をこれまで以上によくよく観察する。どうやらルスト師は自身の手の動きと、手の形で細かく錬成獣へと合図を送っていたようだ。そして、ルスト師の手袋をはめた右手の動きが、左手に比べてどうにもぎこちないようにシェルルールには見えた。

ルスト師のそんな様子に、シェルルールは心配が積み重なっていく。それでも、何よりもルスト師の邪魔になってはいけないと、じっと我慢して静観を続けている。

そしてついに、カリーンが新たなる領都の名前の発表を始めようとする。

奏でられていた音楽がちょうどいいタイミングで消える。シンと静まり返った会場。

静寂を切り裂くように、カリーンより宣誓がなされた。

新たなる領都の名が、告げられる。

「我がアドミラル領の領都となるこの地を、我《われ》カリーン＝アドミラルの名において命名する。その名は、プタレスク」

爆発的に上がる歓声と拍手。それを一身に受けるカリーンの後方、その様子をじっと真剣に見つめているルスト師。シェルルールはそんなルスト師を見つめていた。どうやら、ルスト師はこっそり右手を庇《かば》っているようだ。

シェルルールが見つめる先で、そっと、左手で右手を握り込むように押さえるルスト師。そのまま、右手を隠すように服の裾の下へと動かした。

カリーンの宣誓と同時に、再び奏でられはじめる音楽。一気に壮大な曲が流れはじめる。

――ルスト師、大丈夫なのですか……片手だけで錬成獣にこんな細やかな指示をして、音楽を奏でさせるなんて。この場面で指示に片手しか使わないなんて。よっぽど右手の調子が悪いんじゃ……。

真剣な表情で壇上に佇《たたず》むルスト師。その左手はとても忙しそうに動かされていた。それを見つめめるシェルルール。心配のあまり、思わずその表情は曇ってしまっていた。

カリーンの宣誓がいよいよ終わりに近づいてくる。

さすがにカリーンの話にも耳を傾けるシェルルール。

「さあ、いにしえよりの習わしに従い、カゲロを植えよ。新たなる領都プタレスクの栄光を祈願せよ」

右手をまっすぐ前に持ち上げるカリーン。

席についていた者たちは皆、そのカリーンの手の動きに合わせて立ち上がる。

その中へロアが、カゲロの苗を手に進み出る。シェルルールはハーバフルトンの命名式においてもカゲロの苗を運ぶ役をロアが務めたのだと、かつてルスト師から聞いたことがあった。

普段の戦闘用の装束とは異なり、ドレスとも民族衣装とも見える服をまとったロア。その姿は女性のシェルルールから見ても美しく、どこか異国の香りを感じさせるものだった。

着飾ったロアが壇上から下り、まっすぐカリーンの指差す先へと進む。客席でその姿を見守る群衆。

その視線に見守られながら、苗を捧《ささ》げ持ったロアが進む。

大きく開け放たれた扉を出たときだった。

そのロアの左右に随伴するかのように、人ならざる影が、二つ、空より現れる。

セイルークとアンデッドドラゴンだ。しずしずと進むロアの周りで、まるでじゃれつくように楽しそうに振る舞う二匹のドラゴンたち。

明るい未来を感じさせるその振る舞いに、見守る群衆たちからは自然と拍手と笑いが巻き起こる。

そんな温かな雰囲気のなか、ロアがカゲロの苗を下ろす。そこはちょうど広場の中央。そしてロアがゆっくりと苗の根に土をかけていく。

その周りを踊るように軽やかに走り回るドラゴンたち。

しかしよく見るとカゲロの苗を取り囲むように一枚の魔法陣が現れていた。

——あれがドラゴンによる原初魔法？　ルスト師やハルハマー師がおっしゃられていた……。

その魔法陣の出現とともに、カゲロが一気に成長をしていく。

ハーバフルトンでカゲロの大樹を見慣れているシェルルールから見ても、その成長した新たなカゲロは大樹と呼ぶにふさわしい大きさと威容を誇っていた。

——いま見えた魔素の流れ。そうか。セイルークさんだけじゃなく、アンちゃんさんも祝福をしてくれたんだ。

そうシェルルールが考える間にも成長を続ける、カゲロ。ついにはイブ製の竹製の建物を抜かし、領都で最も大きな存在となっていた。

観衆から、歓声が上がる。

ドラゴンからの祝福というのは、それだけで都市の行く末を大いに盛り上げてくれると、普通の人々からすれば、期待してしまうものなのだ。

特にアドミラル領の臣民にとっては、ハーバフルトンですでに一度その奇跡ともいうべき所業を目の当たりにしている。

今回の領都となるプタレスクで、カゲロがハーバフルトンを超える成長を見せたのだ。それも二匹のドラゴンたちの祝福によって。

この命名式で期待を裏切られなかった安堵《あんど》、そして、それ以上を示してくれたことへの驚き。それが観衆の歓声となって表れているのだろう。

その称賛は、全て二匹のドラゴンたち、ひいてはその契約者であるルスト師へ向けられたもの。

壇上にいるルスト師は、歓声が向けられているのが自分自身であることにあまり頓着してないのか、いつもの穏やかな笑みを浮かべているようにシェルルールには見えた。

——傲《おご》りたかぶった様子もなく、いつもと変わらぬ平常心を維持されてる。さすが、ルスト師です。どんな難しい錬成のときも穏やかな笑みのままに淡々と完璧以上にこなされるお姿を何度も見ていますが、こういった場でも、あの落ち着きはらったご様子。

そこでふと、シェルルールは自分がどこか勘違いをしているのではという可能性に気がつく。今日、ルスト師が来てから、その様子を子細に観察し続けてきたシェルルールの中に徐々に積み重なってきた違和感。

——やはり何か、重大な何かを抱えていらっしゃるの？

シェルルールが内心の不安にとらわれているときだった。一つ、別の問題が起きる。

式次第では、カリーンの合図でロアがカゲロの苗を植え、その次はルスト師の演説の予定だった。ドラゴンたちの奇跡によって盛り上がった状態で、その契約者たるルスト師の演説という、この式でもシェルルールにとっては最も見どころの部分。そこになんと、リリー殿下が乱入してきたのだ。

——えええっ！　で、殿下っ！　今はさすがにまずいですよっ。

不安も忘れて、あわてて壇上の様子を見回していくシェルルール。

——立ち上がりかけたルスト師は、素知らぬ顔をして再び席に腰を下ろすところ。

——カリーン様は……いつもの、悪そうな笑みをお浮かべのようです。はぁぁ。

——アーリ様とロア様は……。

そっと二人からは目をそらすシェルルール。目線が合うのを避けるべきだと、本能が告げたのだ。

——ハルハマー師。ハルハマー師なら……。

壇上の御方《おかた》たちのなかでは、比較的ではあるが、一番の常識人であるハルハマー師の方を、最後の希望を込めて窺《うかが》うシェルルール。

——目が合いました。ああ、そうですよね、静観ですよね。

ハルハマー師がわざわざ壇上からシェルルールに目配せしてくれる。このままで、という意図をそこから読み取るシェルルール。もうすっかり諦めて静観することを決めるシェルルール。ルスト師の見せ場を邪魔されたことへの苛立《いらだ》ちはもちろんあるが、それと同じくらい、実はシェルルールはリリー殿下のことを心配していた。

シェルルールは初めてお会いしたときから、リリー殿下と不思議と気が合うのだった。そもそもが身分の差はとても大きい。そしてリリー殿下の突飛《とっぴ》な行動もある。

しかし、ルスト師へのリリー殿下のアピールが全くこれっぽっちも相手にされていない様子に、シェルルールはどこか親近感を覚えてしまうのだ。

そしてなぜかシェルルールもリリー殿下から気に入られているようで、とくにプタレスクへいらしてからは、数回、お声がけをいただいて、その随行やら視察という名のお散歩に随伴しているほどだった。

そしてシェルルールも、どこかお茶目なところのある殿下の随伴を結構楽しんでいたのだった。忙しすぎる日々の業務の、ちょうどよい気分転換になっているほどに。

そうしているうちに、そんな周囲の思惑も知らない様子で壇上で話しはじめるリリー殿下。ただ、観衆の反応は当然、いまいちだ。さすがに自国の王女たるリリー殿下へ野次を飛ばすような者はいなかったが、誰もが困惑した様子で、リリー殿下の演説への反応も薄い。

しかし全く気にした様子もなく話し続けるリリー殿下。

——リリー殿下っ！　みんな困惑してますよっ！　お付きのリスミストさんも、早く止めてあげてっ！

そんなシェルルールの内心の叫びは当然、届かない。

——ああ、リリー殿下の悪いところが……。どこか浮世離れしているというか、周囲の雰囲気をお感じになられていないところがありますね、リリー殿下って。まるで本当はあの場にいらっしゃらないんじゃないかと思うぐらいの、周囲からの視線に対する鈍さ、みたいなものが……決して悪い方ではないとは思うんですけど……

そうして、やきもきしていると、ようやくリリー殿下の演説が終わった。

パラパラとした拍手。

やりきった感のある笑みを浮かべて手を振りながら袖へと引っ込むリリー殿下。

困惑したような重たい雰囲気が会場を押し包んだところで、ルスト師が軽やかに立ち上がる。

それだけで、皆の注目が一気にルスト師へと集中する。どこかほっとしたような安堵感と、ようやく本来の演説が聞けると、会場の期待が高まるのが伝わってくる。

——会場のどうしようもないこの空気を、ルスト師は立ち上がっただけで一瞬で変えられてしまった。はぁ、すてき……。

そして始まるルスト師の演説。それはカリーンのように、皆の意思を発揚するような覇気あるものでも、リリー殿下のように聞くのが苦痛な話でも当然なかった。

淡々と語られるそれはしかし、聞く人を不思議と魅了した。そのルスト師の揺るぎない実績。そして傲らない性格も相まって、淡々とした言葉一つ一つが、なぜかすとんと胸に落ちてくるのだ。

シェルルールにとっては、それは本当に至福の時間だった。

そして楽しい時間ほど短く感じるというのも、これまた世の常。あっという間に、ルスト師の演説が終わってしまう。

それは聴いていた者たちの、万雷の拍手によって締め括《くく》られた。

その様子にシェルルールはにんまりと顔が崩れてしまうのだった。

——やはりルスト師は素晴らしいです。それをアドミラル領の皆は当然しっかりと理解していますね。この会場の割れんばかりの拍手喝采が、何よりの証……。

さっさと席につくルスト師。その淡々とした様子に思わず自分こそルスト師の一番の崇拝者だと自負のあるシェルルールですら苦笑してしまう。

――ルスト師が、すっかりお仕事は終わったものとしてくつろがれている……。

ゆったりとした様子で席についているのも、とても様になっていた。長い手足を軽く組んで、背もたれに軽く体重をかけたその見た目だけで、シェルルールの鼓動は、少し速くなる。


命名式はその後は大きなトラブルもなく無事に終了した。

シェルルールはルスト師の晴れ姿を見た感動でまだ少し頭がぽやぽやとしながらも、他のカゲロ機関の錬金術師たちを率いて研究部屋に戻っていた。いまごろ部署によっては祝いの振る舞い酒が提供され、持ち寄った食べ物で宴会のような状況となっていることだろう。そのような集まりが、プタレスクのそこかしこで行われている。カゲロ機関の部屋にも、遠くから近くからざわざわとした人が集まったとき特有の声が届く。

ただ、残念なことに、シェルルールたちは仕事だった。

錬金術師の組織であるカゲロ機関は、特にここプタレスクでは都市基盤そのものを管理する立場だ。常時、管理の手を緩めることはできないし、たとえこのようにめでたい日でも、日常業務が続々と押し寄せてくる。

どちらかといえば、こういう日の方が、普段と違うことで忙しいぐらいだ。

今も、都市内の連絡用装置である蔓型錬成獣による通信装置へ緊急を告げる受信があった。

コトハがその排出された羊皮紙をひったくるようにして手に取ると目を通し、すぐさま数名の機関員である錬金術師を派遣している。

「急いで出ていく人たちがいたけど、問題はあり？」

「いえ、ルスト師っ。十分対応可能な範囲と思われます」

発足式を終えたルスト師が、カゲロ機関に戻ってきた。まだ、正装のままだ。カリーンたち、首脳部を中心とした方たちとの食事会が予定にあったはずと、シェルルールは不思議に思う。

その疑問が顔に出ていたのだろう。ルスト師がシェルルールの方を向いて笑いながら告げる。

「さぼって抜け出してきちゃった。ちょっと試したい錬成があってさ」

「無事の離脱、何よりです」

シェルルールも冗談めかして応える。シェルルールにしてみれば、ルスト師が人間関係というどうしても煩わしいものが付随することに時間を割くより錬金術に傾倒したい気持ちはよくわかるからだ。

そしてその点が、シェルルールがいま一歩を踏み出せず、ただただ崇拝の気持ちだけを積み重ねている現状の要因でもあった。

「皆が優秀で本当に助かる。なにかあったら言ってね。自分の研究室にいるから。あ、忘れてた、これ余り物だけど差し入れ」

そう告げて、収納拡張されたリュックサックからたくさんの食べ物を取り出すルスト師。どうやら参加なされていた食事会の食べ物のようだ。

機関員たちから歓声が上がる。

そのまま、さっさと自分の部屋へと向かってしまうルスト師。去り際もとてもスマートだった。

皆が、ルスト師の差し入れに殺到しているなか、シェルルールは一人悩んでいた。

しかし今がいい機会かもと、そっとルスト師の研究室へと向かうことにする。

「ルスト師、シェルルールです」

ドアをノックし、名乗る。

「ああ、どうぞー」

ルスト師の了承の声を聞くと、ドアを開け中に滑り込むように入るシェルルール。

「どうしたの？　悩み事かな、シェルルール？」


「実は――」

シェルルールは今日、会ってから感じ続けていた違和感を、そして発足式のときに考えたことを告げる。

「そうか――。心配かけちゃったみたいだね。申し訳ない」

どこまでも優しげに告げるルスト師。なんと答えるのか迷われているようにシェルルールには見える。

「心配だなんて、そんなおこがましいです。すみません、詮索《せんさく》するようなことを言ってしまって」

言うだけ言って落ち着いたシェルルールは急に自分の言動が恥ずかしくなる。

「いや、いいんだ。しかしシェルルールの観察眼は本当に素晴らしいね。それは錬金術向きの才だよ。そうだな――」

自らの右手の甲をさすりながら考え込む仕草をするルスト師。

「シェルルール。これから話すこと、しばらくは、私とシェルルールだけの秘密にできる？」

「え、あ、えっ！　はい、できますっ！」

嬉《うれ》しさのあまり思わず挙動不審な返答をしてしまうシェルルール。

――ふ、二人だけの秘密っ！

じっとシェルルールの顔を見つめるルスト師。しかし何かに納得した様子で再び話しはじめる。

「うん、よし。実は――」

ルスト師は、そう言うと右手の手袋を外す。そして、そのまま呪術師との間で起きたことを教えてくれる。

「そんな……とても大変な目にあわれたのですね」

「ごめんごめん、そんなつもりで伝えたわけじゃないんだ。ほら、シェルルールならさ、これがどんな働きをするか、一緒に調べてくれるかと思ってさ。皆に内緒で」

そう言って片目を閉じながら手袋を外した右手を見せてくるルスト師。口元にはにやりとした笑みが浮かんでいる。

「ほら、よーく見てて」

そう言ってルスト師が取り出したのは小さめの魔石。それをいくつも右手で握る。すると次の瞬間、ルスト師の右手が黒いもやに覆われる。シェルルールは思わず息を呑《の》む。

もやが消え、ルスト師が右手で握っていた魔石を床の上に並べていく。大きさが不揃いのそれを、ルスト師は何か規則性をもって置いていっているようだ。シェルルールはすぐそばに同じように屈んで、じっとその様子を見つめる。

——ルスト師は、魔石で何かの形を作られている、みたい？　あっ。もしかして、鳥？

「——できた」

ルスト師が指をぱちんと鳴らす。次の瞬間、黒いもやが魔石から現れると、それが床に置かれた魔石同士を繋《つな》いでいく。

気がついたときには、魔石で、鳥が出来ていた。

その魔石で出来た羽の部分が、バサバサと羽ばたきを始める。

「う、動きました……」

「うん。面白いよね。さ、ここからだよ」

次の瞬間、魔石で出来た鳥が空中へと飛び上がる。ただ、その動きはふらふらとしていて、なかなか安定しない。

「あっ、あっ！　飛んだ！　飛びましたよっ。頑張れ……頑張れっ——あぁ」

シェルルールは思わず応援する。しかし残念ながら鳥は失速して、そのまま床に落ちる。すると、魔石はバラバラになってしまい、さらには魔石ごと消えてしまう。

「どう？」

いたずらっ子のような顔のルスト師からの短い質問。

「――とってもとっても、興味深いです！」

「こっそり調べるの、手伝ってくれる？」

「はい、もちろんです。ぜひ！　ぜひともこの秘密のお手伝い、ボクにやらせてくださいっ」

シェルルールはルスト師の真似をしてにやりとした笑みを返すと、喜び勇んで約束をする。シェルルールとルスト師は二人して、この新たな研究対象に夢中になるのだった。

辺境の
錬金術師
～今更予算ゼロの
職場に戻るとか
もう無理～

MFブックス

辺《へん》境《きょう》の錬《れん》金《きん》術《じゅつ》師《し》
～今《いま》更《さら》予《よ》算《さん》ゼロの職《しょく》場《ば》に戻《もど》るとかもう無《む》理《り》～ 3

2023年10月25日　初版第一刷発行

著者　御手々ぽんた
発行者　山下直久
発行　株式会社KADOKAWA
〒102-8177　東京都千代田区富士見2-13-3
0570-002-301（ナビダイヤル）
印刷・製本　株式会社広済堂ネクスト
ISBN 978-4-04-683005-0 C0093

企画　株式会社フロンティアワークス
担当編集　福島瑠衣子（株式会社フロンティアワークス）
ブックデザイン　鈴木 勉（BELL'S GRAPHICS）
デザインフォーマット　AFTERGLOW
イラスト　又市マタロー

本シリーズは「小説家になろう」（https://syosetu.com/）初出の作品を加筆の上書籍化したものです。